ILSE NEKUT

DER LETZTE STEIN

ROMAN

novum pro

Dieses Buch ist auch als
e-book
erhältlich.

www.novumverlag.com

Bibliografische Information
der Deutschen Nationalbibliothek:

Die Deutsche Nationalbibliothek
verzeichnet diese Publikation in
der Deutschen Nationalbibliografie.
Detaillierte bibliografische Daten
sind im Internet über
http://www.d-nb.de abrufbar.

© 2021 novum Verlag

ISBN 978-3-99107-706-0
Lektorat: Sylvana Kovacs-Pfefferkorn
Umschlagfoto:
Maxim Tupikov | Dreamstime.com
Umschlaggestaltung, Layout & Satz:
novum Verlag

Gedruckt in der Europäischen Union
auf umweltfreundlichem, chlor- und
säurefrei gebleichtem Papier.

www.novumverlag.com

für

Gertrud
Stefanie
Lili

DIE GEBURT

Dora war eine Minute alt,
als sie zwei Jahre nach dem großen Krieg das grelle Weltlicht
erblickte.

Ein riesiges verschwommenes Weiß sah sie, sonst nichts. Nur
weiß. Ein weißes, unscharfes Licht.
Sie war im Frühling geboren. Ihre Mutter versicherte allen:
„Es war eine leichte Geburt".
Versprach eine leichte Geburt auch einen leichten Tod?

Dora kam also auf die Welt. Woher kam sie? Und wohin würde sie danach gehen?

Noch war sie ahnungslos, besinnungslos.

DIE OPERATION

Dora war drei,
als Mama sie verließ.

Sie hatte Schmerzen im Oberschenkel. Ihre Mama nahm die Sache sorgfältig unter die Lupe.
„Ich glaube, das ist etwas fürs Spital", meinte sie.

Dora ist zu klein, um sich später daran erinnern zu können. Alles, was sie in Zukunft, nach neun oder zehn Jahren, von ihrer Mutter darüber erfahren wird, das ist jetzt, mit den Schmerzen im Schenkel, ihre Gegenwart. Sie wird all das aber nicht mehr wissen, später.

Sie fuhren ins Spital. Papa und ein Onkel, der ein Auto besaß. Dora war in eine rosa Decke gehüllt, lag auf der Rückbank des Autos, hatte hohes Fieber. Mama musste daheimbleiben. Doras große Schwester Terese war noch nicht alt genug, um allein zu Hause zu warten. Also ließ Mama die dreijährige kranke kleine Tochter im Stich, übergab sie Papa und dem Onkel. Dora, verlassen von Mama, zum ersten Mal, ohne Vorwarnung, ohne Absicht. Nur die beiden Männer kümmerten sich um sie, das war zu wenig. Sie weinte nicht einmal. Dafür war der Schock zu groß. Ohne Mama.

Das Letzte, was Dora vor der Operation sah, war ein grün maskiertes Gesicht. Die Ärzte operierten Dora – das wird ihr ihre Mutter später einmal erzählen – an der Innenseite des Oberschenkels. Ein Schlauch musste durch zwei Öffnungen in Doras Fleisch eingezogen werden, damit der Eiter abfließen konnte. Nach überstandener Nacht – der Eingriff war vorbei – war sie allein, mutterseelenallein. Kein Papa, keine Mama, nur die weißen Krankenschwestern um sie herum. Dora erstarrte und sprach nicht mehr. Sie war für immer verlassen worden, dessen war sie sich ganz sicher.

„Du hast einfach nicht mehr gesprochen, und dein Gesicht war todernst, so oft ich dich besucht habe."
Das wird Mama ihr später, in zehn Jahren, schildern.
„Verzweifelt war ich. Und ich habe gedacht, dich hat jemand ausgetauscht. Daheim hast du immer geredet, ziemlich viel geredet. Eine Plaudertasche.
Weißt du, früher mussten die Kinder im Spital allein bleiben, also auch du. Die Eltern durften nur kurz auf Besuch kommen. Heutzutage ist das schon ein wenig anders."

Ein paar Stunden nach der Operation, einer Ewigkeit, kam Mama ins Spital. Sie sah ihre Tochter an und erschrak. Dora musterte die Mutter mit weit aufgerissenen, erschrockenen Augen und begann dann zu schreien. Und sie schrie, bis Mama wieder weg war. An den Spielen der anderen kranken Kinder beteiligte sie sich nicht. Sie schwieg einfach.
Wenn Mama kam, schrie sie.
Wenn Mama wegging, hörte sie auf zu schreien und verstummte.
Das wiederholte sich unzählige Male. Doras Mutter wurde beinahe verrückt vor Sorge.

Dora war allein im Krankenhaus, von der ganzen Familie verlassen. Sie lebte im Glauben, es wäre für ihr ganzes Leben. Ein Leben lang allein. Mit Bitternis und Entsetzen verbrachte sie die Zeit im Spital.
Eine schreckliche Zeit, für immer in sie gemeißelt.

Später wird ihre Mutter ihr alles erzählen, und sie wird das alles zu verstehen versuchen. Aber es wird nicht viel zu verstehen geben. Sie war verlassen worden, das wird sich nicht wegreden lassen. Auch wenn ihre Mutter glauben wird, all das sei vorbei.

Dora durfte heim. Die Wunde verheilte, die Operation war gut verlaufen.
Gut?

DER UNFALL

Dora war vier,
als sie das Wort ‚Unfall' lernte.

Es war abends, Dora schon im Bett. Die Oma, Mamas Mutter,
auf Besuch. Die Gute-Nacht-Geschichte, heute vorgelesen von
Oma, das war der Plan, ließ noch auf sich warten. Solange dieses
Märchen nicht gelesen wurde, schlief Dora sicher nicht.

Mama war ohne Papa zu Hause. Der arbeitete wieder einmal
‚beim Film'.

Im Vorzimmer klingelte das Telefon, es klang bedrohlich. Do-
ras Mutter hob ab und horchte offensichtlich schweigend auf das,
was man ihr sagte. Nur eine Frage konnte Dora hören:
„Wo?"
Danach kam Mama aufgeregt ins Kinderzimmer, hatte blasse
Wangen, sprudelte die Worte in Kaskaden heraus.
„Oma", sagte sie zu ihrer Mutter.
„Die Anni hat einen Unfall gehabt, eben erst!"
Anni, das war Omas zweite Tochter, Doras Tante.
„Was ist passiert?"
„Sie und Hans hatten mit dem Motorrad einen Unfall, ganz in
der Nähe, vor dem Konsum, keine zwei Minuten von hier. Die
Polizei hat mich angerufen, die Rettung ist unterwegs."
Doras Mutter achtete nicht auf ihre erschrockene Tochter, sag-
te nur zu Oma:
„Ich lauf da hin, du bist ja ohnehin bei den Kindern. Gut?"
Und schon war sie verschwunden, ohne ein Wort zu Dora. Oma
war nicht gesprächig, las auch keine Geschichte vor. Sie saß nur
stumm und schaute ins Leere.
„Was ist ein ‚Unfall'?"

„Ach, nichts Besonderes, Kind. Wahrscheinlich sind deine Tante und dein Onkel Hans mit dem Motorrad umgefallen, das passiert manchmal."

Omas Beruhigungsversuche waren nicht glaubwürdig, Dora sprach ihre Oma besser nicht mehr an. Sie dachte allein über den ‚Unfall' nach. ‚Vielleicht hieß es U**m**fall, nicht Unfall. Oma hatte doch so etwas angedeutet. Und wieso war von ‚Fall' die Rede?' Dora kannte einen Wasserfall, einen Überfall, sogar einen Todesfall, aber einen Motorradfall, den kannte sie nicht. Es war der erste Motorradfall in ihrem kurzen Leben, und sie war verwirrt, kannte sich nicht aus, hatte Angst um ihre verunglückte Tante, aber vor allem sorgte sie sich um ihre Mutter.

‚Ohne mich anzusehen, ist Mama fortgerannt, keinen Blick hat sie auf mich geworfen', dachte Dora entsetzt, und sie hatte eine Heidenangst, dass Mama nicht mehr wiederkommen würde. Warum sie befürchtete, dass dieser schreckliche Fall eintreten könnte, wusste sie nicht. Ihre Angst war riesengroß und füllte ihren Kopf vollständig aus.

Von Mama verlassen zu werden, das hatte Dora schon einmal erlebt, vor zwei Jahren, aber sie erinnerte sich nicht, sie war zu klein gewesen.

Dora litt Höllenqualen. Tante Anni und ihr Motorrad waren ihr auf einmal gleichgültig, aber ihre Mutter, ihre Mama, musste wiederkommen! Ansonsten würde sie sterben, ganz bestimmt. Auch wenn sie noch nicht so recht wusste, was ‚sterben' bedeutete. Dass Leute, die gestorben waren, nicht mehr da waren, plötzlich unsichtbar waren, das hatte sie schon erlebt. Aber das eigene Sterben?

Gut eine Stunde war Mama weg gewesen, aber nicht gestorben. Auch Dora nicht. Sie lebte noch.

Die Mutter beruhigte ihr Kind und auch Oma. Schließlich war es Omas Tochter, die da einen ‚Unfall' gehabt hatte.

„Es ist nicht so schlimm, Oma", beschwichtige Mama die Großmutter.

„Anni hat einen gebrochenen Fuß und Abschürfungen, aber sie wird in ein gutes Spital geführt. Sie hat mir sogar durch die vielen Schaulustigen hindurch ein schwaches Lächeln gezeigt. Also keine Angst. Du kannst sie morgen besuchen."

Keine Angst. Die Angst Doras um ihre Mama, die Angst vor dem schrecklichen Fall des Verlassenwerdens war verschwunden. Sie war erleichtert.
Später wird sie sich auch daran nicht erinnern.

Oma las auf Doras Bitten hin noch eine Gute-Nacht-Geschichte, war aber nicht ganz bei der Sache.
Dora schlief beruhigt ein und beschloss davor noch, nie mit einem Motorrad zu fahren. Ein Umfall konnte dabei ja offenbar leicht geschehen.

SPRACHVERWIRRUNG

Dora war fünf,
als sie nichts verstand.

In einem heißen Sommer, zwei Jahre später, fuhren Dora und ihre Familie an einen kleinen See im südlichen Kärnten. Sie campierten dort. Ein neues Wort, Camping, hatte sich in den Sprachgebrauch der Leute eingeschlichen.
Man campierte also.
Für Dora war so ein Urlaub paradiesisch. Sie durfte baden, wann sie wollte, schwimmen konnte sie schon. Sie konnte essen, wann sie gerade Hunger hatte, ihre Mutter nahm das nicht so genau. Mama genoss selbst die Freiheit des Campingurlaubs, ungebunden, von keinen Regeln eingezwängt.

Das Einkaufen im nächsten Ort übernahm Papa. Dora, ihre Schwester Terese und Papa fuhren mit dem alten Wehrmachtsauto, das der Vater nach dem Krieg fahrtüchtig gemacht hatte, in diesen Ort. Jeden zweiten Tag.

Diesmal war alles ein bisschen anders. Papa beschloss, das Gemüse, das sie brauchten, 1 Kilo Paradeiser, diesmal beim kleinen Gemüseladen gegenüber zu kaufen und nicht in dem großen Geschäft, das sie sonst aufsuchten.
Er traf, wie in jedem Urlaub, einen Berufskollegen vom Film. Dora machte sich keine Gedanken über den Ausdruck ‚beim Film‘, auch wenn sie nicht wirklich verstand, was er bedeutete. Sie wusste nur, dass Papa ‚beim Film‘ arbeitete. Ohne recht nachzudenken.
Vor dem Gemüseladen traf Vater also einen Kollegen. Man tratschte, man lachte, den beiden Mädchen wurde es langweilig. Da meinte der Vater, dass seine Mädchen allein in den Laden gehen sollten, um die Paradeiser zu kaufen.

„Einfach so? Allein?"
Die ältere Schwester war ein wenig schüchtern und wollte den Laden nicht betreten. Dora aber öffnete mit beherztem Schwung die Ladentür, betrat den Raum und stellte sich hinten an der Warteschlange an. Ihre Schwester würde draußen auf sie warten, hatte sie gesagt. Das Geld hatte sie Dora mitgegeben.
‚Natürlich kann ich schon allein einkaufen, das ist klar', dachte sie, aber das mulmige Gefühl im Magen verriet ihr, dass sie ein wenig aufgeregt war. Ihr Herz klopfte etwas schneller.

Dann geschah Beunruhigendes.
Die Leute in der Warteschlange vor ihr sprachen miteinander, aber ihre Worte waren für Dora unverständlich. Sogar die Verkäuferinnen, die Paprika und Erdäpfel einpackten, redeten eine fremde Sprache. Dora wurde blass, ihr Puls stieg. Sie hatte noch nie mit Ausländern gesprochen, sie wusste nicht, wie das klang. Außerdem war doch hier nicht Ausland. Hier war Kärnten! Ausland, das war weit weg, Amerika, Afrika vielleicht.
Verstört scherte sie aus der Warteschlange aus, rannte zum Ausgang zurück, flüchtete zu ihrer Schwester.
„Die verstehen mich nicht da drinnen!", rief sie verzweifelt.
Sie weinte haltlos. Sie verstanden sie nicht in diesem Laden, glaubte sie zumindest. Es musste furchtbar sein, in einem sogenannten Ausland zu sein und nichts zu verstehen und nicht verstanden zu werden! Schrecklich musste das sein.
Die Mädchen liefen zum tratschenden Vater, erklärten ihm das Unglück und warteten auf Erklärung. Papa lachte nur.
„Das sind Slowenen, die hier wohnen. Keine Angst, die verstehen dich, Dora. Sie sprechen slowenisch, das ist alles."

Dora war auf der Rückfahrt sehr still. Papa hatte sie ausgelacht, das war kränkend. Eines aber hatte dieses Missgeschick bewirkt. Dora begann, über Sprache und Wörter nachzudenken, aber sie verschob die genaue Auseinandersetzung auf später, wenn sie größer sein würde.

OMAS GESCHICHTEN

Dora war sechs,
als sie Oma lauschte.

Einmal im Monat besuchte Doras Familie die Großmutter, Vaters Mutter. Auch der Großvater war meistens dabei. Er war Dora fremd.

Was Oma auszeichnete, war ihre unglaubliche Fähigkeit, Geschichten zu erzählen, selbst erfundene Märchen, von Riesen, Zwergen, Palästen. Wenn Dora sie bat, eine Geschichte zum Wort ‚Katzengold‘ zu erfinden, dann wusste Oma sofort, dass die Kratergräben auf der Marsoberfläche eigentlich Katzengoldadern waren, die sich alle 700 Jahre verbreitern und auseinanderbrechen, und dann quellen da alle möglichen Gestalten hervor: Feen in Organza, Zwerge in Samt, mit verzauberten langen Nasen, Elevinnen in türkisfarbenen Tutus. Und dann tanzten in Omas Geschichten diese Gestalten zu Flöten- und Gambenmusik.

Dora befand sich mitten in diesem Tanz. Sie tanzte mit den Feen, mit den Zwergen. Besonders die Elevinnen in ihren schimmernden, hellgrünen Kleidern hatten es ihr angetan. Sie hatte selbst ja solch ein Kleid daheim, mit Rüschen und hellgrünen Volants. In diesem Kleid wollte sie doch schon so oft vom Balkon aus in die Weite fliegen, bis zur Sonne oder bis zum Mars mit seinen Katzengoldadern, vielleicht bis zum Neptun, dem Meeresgott. Dora kannte sich aus in der griechischen und römischen Sagenwelt. Da machte ihr niemand etwas vor.

Die besten Geschichten waren die, in denen silberne Paläste mit goldenen Fensterrahmen vorkamen. Und manchmal auch Prinzen, die in diesen Palästen wohnten, mit goldenen Haaren, farblich verwandt mit den Fensterrahmen. Alles funkelte, auch die Gesichter der edlen Prinzen.

Natürlich wusste Dora ganz genau, dass Oma diese Geschichten nicht gelesen hatte, sondern sie allesamt erfand. Nichts war real, das wusste sie, und obwohl sie schon sechs war, also nach Mamas Ansicht ein großes Mädchen, mochte sie diese Spiele mit der Großmutter. Ihre Schwester war wohl schon zu alt für solche Märchen. Sie saß mit Opa und den anderen im getäfelten Esszimmer der alten Villa und hörte dem realen Tratsch des letzten Monats zu.

Dora aber saß mit Oma im Nebenzimmer und lauschte den wunderbaren Erzählungen über türkisfarbene Tutus und goldhaarige Prinzen. In ihrem Kopf vermischte sich das von Oma Geschilderte mit ihrer eigenen Phantasiewelt. Sie vergaß, dass sie mit ihrer Familie nur auf Besuch hier war, und sie vergaß die Zeit. Die Zeit existierte nicht mehr. Es war wunderbar.

Dora genoss diese kostbaren Stunden mit der Märchenoma. Ihrer großen Schwester konnte sie von all dem nichts erzählen, die würde sie auslachen und sagen: ‚Kinderkram‘.

Daheim hatte Dora eine alte Holzkiste voller Glitzerzeug und Tüllkleidern. Masken, Federboas, goldene Reifen und Perlenketten aus Glas besaß sie. Mit all diesen Dingen verkleidete sie sich immer wieder, und dann spielte sie Theater. Es war eine Vorbereitung auf die geplante Laufbahn als Schauspielerin, dessen war Dora sich sicher. Und wenn sie spielte, dann machte die Welt rundherum einem riesengroßen Zauber Platz. Sie war Zirkusprinzessin, Seiltänzerin und Filmdiva in einem.

Und immer wieder spielte sie die Geschichten ihrer Großmutter nach. Sorgfältig darauf bedacht, die Erzählungen nicht nur zu wiederholen, sondern sie zu ergänzen und auszuweiten.

DAS FEUER

Dora war sechs,
als sie Feuer kennenlernte.

Es war Winter und schon dunkel. Dora, ihre Schwester Terese
und ihre Mutter waren bei Oma gewesen. Der Heimweg war
nicht lang, es war kalt. Schneeflocken schwebten in der Luft.
Da sah Dora über den Häusern, in denen sie ihre geräumige Wohnung hatten, Rauch in den schwarzen Himmel steigen. Ein hel-
leres Grau, das sich vom Nachtschwarz deutlich abhob. Es ballte
sich, formte Figuren, Fetzen aus noch mehr Rauch.
„Es brennt bei uns!", schrie Dora.
Die Mutter glaubte es nicht, versuchte zu beruhigen.
„Nein, keine Angst, das ist die Dampflok des Kurzzugs."
Der Kurzzug fuhr den ganzen Tag zwischen der Stadt und dem
Stadtrand, wo sie wohnten, hin und her, einmal elektrisch, ein-
mal mit der Dampflok. Dora kam nicht dahinter, wann er sich
elektrisch fortbewegte, also saubere Luft hinterließ, und wann
er mit Dampf und Rauch alles vernebelte.
„Der Zug fährt heute elektrisch, das weiß ich!", behauptete Dora.
Und sie hatte Recht. Der Rauch musste irgendwo aus einem
Haus aufsteigen und nicht vom Zug. Und er wurde immer dich-
ter, qualmte in den Himmel, ein reißendes Tier.
Sie gingen schneller. Wurden immer stiller. Alle drei.
Als sie in die Nähe des mehrstöckigen Hauses kamen, in dem
sie ganz oben wohnten, waren da schon Feuerwehren, Schaulus-
tige, ängstliche Leute aus dem Nachbarhaus. Ein Geschrei, ein
Durcheinander empfing sie.
Die Mutter überlegte und handelte schnell. Sie schickte die Töchter
zurück zu Oma. Dort waren sie sicher. Sie selbst blieb zwischen
all den Menschen und versuchte zu erfahren, wo Doras Vater war.
„Der ist oben im Dach, über dem dritten Stock, und hilft löschen."

Dora und ihre Schwester gingen, nein, liefen zu Oma zurück, die zunächst nicht glaubte, was ihre Enkelinnen atemlos erzählten. Aber dann begriff sie. Die Wohnung der Kinder und der Eltern war in Gefahr. Es könnte sein, dass das Feuer alles zerstörte, vielleicht sogar das ganze Haus. Vielleicht sogar ein Leben. So gut es ging, bewahrte Oma Ruhe, schon der Mädchen wegen.

Dora konnte nicht einschlafen an diesem Abend bei Oma. Sie hatte Angst um das Klavier, auf dem sie immer wieder üben durfte, auch wenn es eher ein Klimpern war. Und sie hatte ungeheure Angst um den Goldhamster, der nicht sterben durfte. Ihre Gedanken kreisten um das alte Klavier, ein Pianino, in dem sich der Hamster ein Nest für seine Vorräte gebaut hatte. Sie sah, wie das Klavier voller Flammen in sich zusammenkrachte, wie der Hamster in diese Flammen lief, um sein Futter zu retten, sah, wie das Haus einknickte und fiel, das Klavier und das Tier unter den Trümmern begrub.
Oma redete ruhig auf Dora ein. Dora hörte zwar die Worte, aber nicht deren Bedeutung. Ihr war kalt, sie zitterte.

Endlich kam ihre Mutter, spät in der Nacht. Alles sei in Ordnung, nur der Plafond im Wohnzimmer sei etwas feucht vom Löschwasser. Und Vati war zum Helden geworden. Er hatte den Feuerwehrleuten am Anfang derart geholfen, dass alle ihn danach bejubelten. Vati ein Held, das Klavier intakt, der Hamster quietschlebendig.

Alles war gut gegangen, aber die Angst vor dem Feuer blieb. In Doras Kopf prasselten und züngelten die feurigen Fontänen. Es zischte und knisterte, der Funkenflug kreiselte in der Luft und verlor sich in der Nacht. Und manchmal träumte Dora von toten Hamstern, verkohlt bis auf die Knochen.
Es dauerte lange, bis ihre Angst vor Feuer verschwunden war.

DAS MOSAIK

Dora war sieben,
als sie das Mosaik entdeckte.

Die Stunde der Kostbarkeiten, in denen die Großmutter beim monatlichen Besuch im Nebenzimmer Erfundenes erzählte, war wieder einmal fast zu Ende. Opa unterhielt sich inzwischen gut mit Mama, Papa und Terese.
Dora aber hatte seit kurzem das Gefühl, den glitzernden Geschichten eigentlich entwachsen zu sein, aber sie sagte nichts. Sie war nur nicht ganz bei der Sache.

Da meinte die Großmutter, sie hätte noch etwas für Dora. Auf dem Dachboden hätte sie es gefunden.
„Und was?"
„Ach, es ist nur eine Schachtel", Oma lächelte verschmitzt.
„Und was ist drinnen in der Schachtel?"
Oma machte es spannend. Sie stieg mit Dora die Stufen zum Dachboden hinauf, wo ihnen stickige Luft aus dunklen Ecken entgegenkam.
„Hier ist es, mein Kind. Wir tragen es hinunter."
Sie nahm die Schachtel, stützte sich ein wenig auf Doras Schultern und stieg ab Richtung Familie.
Auf dem großen Tisch im Nebenzimmer öffnete Dora die Schachtel. Staub und der Geruch nach vergilbten Büchern und alten Kellern gelangten in ihre Nase. Trotzdem blieb ihr Blick am Inhalt der Schachtel haften.
„Was ist das, Oma?"
„Schau es dir genauer an. Es sind kleine Mosaiksteine aus der Zeit vor dem ersten großen Krieg, von meinen Großeltern."
„Aber woraus sind diese kleinen Steine gemacht? Sie sind rau und leicht."
„Aus Sandstein, denke ich."

Ab diesem Sonntag verzichtete Dora bei jedem Oma-Besuch auf das Geschichtenerzählen. Sie saß über den Steinen und bewunderte deren dumpfe, verblasste Farben und raue Oberflächen. Rostrot, Graugrün, verwaschenes Blau und mattes Beige gab es da. Die Großmutter gab ihr ein altes, kleines Heftchen, dessen einzelne vergilbte Blätter fast zerfielen. In diesem Heft waren Anleitungen zum Setzen der Steine und Beispiele für Bilder, die man mit ihnen legen konnte. Eine Vorlage also. Dora konnte noch nicht sehr gut lesen, aber das machte nichts. Die Bilder in diesem kleinen Heft waren ohnehin das Wichtigste.

Bei den kommenden Besuchen fischte Dora sich jeweils eines der Bilder heraus und legte die mattfarbigen Steine nach dieser Vorlage. Es waren meist symmetrische Figuren, die da entstehen sollten. Sechsecke wie Schneeflocken oder Bienenwaben. Oder auch Achtecke wie im Stammbuch ihrer Freundin. Dora fiel ihr Kaleidoskop daheim ein. Man musste die kleine Röhre vors Auge halten und drehen, dann entstanden ähnliche Bilder, wie die bei ihren Mosaikvorlagen.
Sie perfektionierte dieses Nachbauen aus den alten Heften. Bis sie es sich anders überlegte.
Sie beschloss, neue Steinbilder ohne Vorlagen zu legen. Und so kam es, dass sie die Bilder von jenen Palästen aus ihrem Kopf holte, von denen Oma ihr so oft erzählt hatte. Nach diesen Vorstellungen formte sie Abbilder aus mindestens dreihundert Einzelsteinen. Das Gold der Paläste und die Haare der Prinzen legte sie aus den fahlbeigen Steinen, für die Kleider der Prinzessinnen die ziegelroten, für die exotischen Blumen und Sträucher die grünen, für den Himmel und die Seen die verwaschenen blauen.

Terese interessierte sich nicht für die Tätigkeit ihrer kleinen Schwester während der Familienbesuche, was Dora gerade recht war. Es gab nur eine Situation, die sie ärgerte. Wenn fast alle Mosaiksteinchen ausgelegt waren, nur mehr der obere Abschluss des selbst ausgedachten Bildes fehlte, dann kam es vor, dass genau ein Stein fehlte, um das Bild zu vollenden. Dieser letzte Stein machte Dora öfter Kopfzerbrechen, doch mit der Zeit entstand diese Lücke immer seltener. Sie bekam Übung. Trotzdem passierte es manchmal.

Nach einem halben Jahr meinte Oma, Dora solle sich das Spiel mit nach Hause nehmen. Das tat sie.
Etwas Seltsames geschah. Seitdem sie die fahlbunten Mosaiksteine daheim hatte, rührte sie sie nicht mehr an. Entweder war es so, dass Dora langsam erwachsen wurde, oder die Schachtel samt Inhalt gehörte einfach zu Oma und ihrem alten verwunschenen Haus.

Dora verstaute alles im elterlichen Keller und wusste, dass das Spiel noch lange nicht zu Ende war.
Sie musste an den letzten Stein denken, der immer wieder einmal fehlte.

DER FILM

Dora war sieben,
als sie zum Film kam.

‚Endlich einmal mit Papa was Besonderes erleben!‘ Dora zertrümmerte vor Freude eine Fensterscheibe. Niemand schimpfte.

Es war ein kühler Samstagnachmittag im September, als ihre Schwester und sie mit hinaus zu den Rosenhügelstudios fahren durften. Papa arbeitete nämlich ‚beim Film‘. Doras Schwester, die älter und gescheiter war, protzte mit dem Wissen, dass Papa Filmtonmeister war. Darunter konnte sich Dora nichts vorstellen. Ton, den kannte sie nur aus der Schule, wenn sie Tierfiguren und kleine Vasen aus Ton zu formen versuchten. Film, da wusste sie Bescheid. Sie hatte vor einiger Zeit eine Kindervorstellung besucht, ‚Bergkristall‘. Stellenweise war die Sache sehr traurig gewesen, und Dora hatte insgeheim gedacht, so ein Film sei nichts für Kinder. Sie war schockiert, zeigte das aber nicht. Die Zusammensetzung der Worte ‚Film‘ und ‚Ton‘ hatte Dora noch nie gehört. Dass Papa ‚Filmtonmeister‘ war, nahm sie einfach zur Kenntnis, obwohl sie ganz genau wusste, dass ihr Vater doch eigentlich Automechaniker war. Schließlich lag er oft, meist am Wochenende, unter dem Familienauto und reparierte Unsichtbares. Also Automechaniker. Filmtonmeister, das musste sein Hobby sein.

An diesem Nachmittag fuhren sie also zu dritt mit dem Auto zu den Filmstudios. Dora, ihre Schwester Terese und ihr Vater. Was Dora vom familieneigenen Auto hielt, wusste sie selbst nicht so genau. Der umgebaute, ehemalige Wehrmachtswagen erregte oft die Aufmerksamkeit der Leute auf den Straßen. Hellgrünes Wellblech, das Reserverad vorne schräg aufgepackt, hölzerne Türen, ein Cabrio mit grauem Stoffdach. Auf alten Fotos aus dem Krieg hatte sie solche Autos gesehen. Sie wusste nichts anzufangen damit. ‚Aus dem Krieg? Welchem Krieg?' Manchmal schämte Dora sich wegen dieses auffallenden Gefährts, aber meist war sie stolz darauf, dass ihr Vater so ein ungewöhnliches Auto aus dem Krieg gerettet hatte – was immer das hieß.

Sie fuhren also zum Rosenhügel.
Drinnen in einer großen Halle waren Leute mit Kabeln, Scheinwerfern und sonstigem Undurchschaubaren beschäftigt. Auf einer Seite der Halle war ein altes Taxi auf einem Podest aufgebaut, mit dem ‚Gesicht' zum Publikum. Die Vorderfront des Wagens war abmontiert, wie weggerissen. Dora war erschüttert, dass man ein Auto so entzweigeschnitten hatte. Es war ein unangenehmer Anblick. In der hinteren Front des Wagens war ein Fenster eingelassen. Dora wusste nicht so recht, wozu das alles dienen sollte. Dass hier ein Film in Arbeit war, das hatte ihr Vater schon gesagt, aber mehr nicht.

Dann kamen die Schauspieler. Ein Mann, eine Frau, sonst niemand, und sie waren gekleidet wie in Doras Märchenbuch. Die Dame in einem langen, hellen, glitzernden Kleid, gespickt mit Edelsteinen. Dora war sich sicher, dass dieses Kleid unendlich kostbar war. Ein ausladender, weißer Hut und eine goldene Federboa ergänzten das Bild einer reichen Lady.
Der Herr, der neben der Dame die Szene betrat, trug einen Stresemann und einen Zylinder. Dass es sich um einen Stresemann handelte, wusste Dora. So ein Kleidungsstück hatte ihr die Lehrerin auf einem Bild gezeigt.
Die zwei Schauspieler setzten sich auf die hintere Sitzbank des zerrissenen Taxis, sahen nach vorne zum Kameramann und zu den nicht vorhandenen Zuschauern. Die Lady und der Herr lächelten und begannen zu reden. Das alles auf Befehl eines Mannes, der auf einem Klappstuhl saß, den Schauspielern zusah und in diesem ganzen Geschehen sehr wichtig war, das war Dora klar. Nach den Worten ‚Uuuund bitte' unterhielten sich die Lady und der Herr angeregt. Hinter dem Rückfenster waren bewegte Stra-

ßenbilder, Bäume, andere Autos zu sehen. Doras Vater erklärte mit einem gewissen Stolz:

„Diese Bilder werden auf die Rückwand hinter dem Taxi projiziert, so dass der Zuschauer glaubt, die beiden fahren durch Straßen und Alleen. Verstehst du, Dora?"

Dora verstand nicht, bejahte aber eilig. Was ‚projiziert' bedeutete, wusste sie nicht, aber es musste eine Art Zauber sein. Unglaublicher Zauber. Zu der phantastischen Szene kam zu guter Letzt noch dazu, dass das Taxi, oder was von ihm übrig war, durch eine geheime, unsichtbare Maschinerie bewegt und gerüttelt wurde. Vater deutete auf den Mann mit einer Art Fotoapparat vor dem Gesicht, der vor der Szene stand.

„Siehst du, der Kameramann fängt die Bilder ein, bannt sie auf Zelluloid, und daraus wird dann ein Film, den alle Leute in den Kinos sehen können."

Was Dora sich nicht vorstellen konnte, war, wie die Bilder in die Kinos gelangen sollten. ‚Flogen sie durch die Luft? Wurden sie in Koffern hingetragen?' Es war ein Rätsel, aber sie getraute sich nicht zu fragen.

Irgendein Zauber musste hinter der ganzen Sache stecken und Dora war begeistert, dass ihr Vater in diese Abläufe eingebunden war. In diesem Moment bewunderte sie ihn.

Dora war nun überzeugt, dass Filme herstellen eine unglaublich wunderbare Sache sei. Sie schwieg, schaute zu, vergaß zu reden. Wollte, dass niemals aufhörte, was sie sah.

Daheim sagte ihr Vater:

„Jetzt habt ihr einmal hinter die Kulissen geschaut. Jetzt wisst ihr, wie viel Arbeit es ist, einen Film zu drehen."

Dora wusste nicht, wieso es ‚drehen' hieß, aber das war ihr egal. Ihre Wangen glühten, ihre Augen funkelten, als sie ihrem Vater verriet:

„Ich will einmal zum Film!"

„Sag das ja nicht deiner Mutter", war seine warnende Antwort.

Also beschloss Dora, zunächst einmal die Schule zu beenden und dann Filmschauspielerin zu werden. Das sagte sie aber nicht Mutti und auch sonst niemandem. Sie würde eines Tages auch auf diesem Rosenhügel vor der Kamera sitzen, stehen, tanzen, lachen. Ein prächtiges Kleid würde sie tragen, aus Brokat, aus Seide, mit Goldschmuck. Und ein unsichtbarer Geist würde die Bilder hoch über der Stadt in die Kinos wehen.

In der Nacht träumte sie, sie selbst wäre die edelsteinbesetzte Lady, die sie heute gesehen hatte. Ihre Schwester musste als der sie begleitende Gentleman herhalten. Zumindest im Traum.

DIE RUSSEN

Dora war acht,
als die Russen abzogen.

Vor ein, zwei Jahren war sie sich noch sicher gewesen. Die Russen, das waren in Salzwasser eingelegte Heringe mit viel Zwiebeln. Bis sie erfahren hatte, dass es Männer aus dem Osten waren, die das Land besetzten. Wenn sie das tun, die Russen, dann darf sich kein anderer dorthin setzen. Also gut, es waren Männer aus dem Osten, meist in grauen Uniformen.

Als fünf- oder sechsjährige hatte sie gedacht, dass ihre um vier Jahre ältere Schwester etwas Besonderes sein musste, denn die russischen Besatzungssoldaten lächelten das blondzopfige Mädel wohlwollend an. Es war besser für Dora, die statt Zöpfen nur braune Borsten hatte, in der Nähe der Schwester zu bleiben. Die Russen mochten Kinder, hieß es, aber sie vergewaltigten auch Frauen. Dora wusste nicht, was das Wort ‚Vergewaltigung' bedeutete, und auf ihre Fragen hörte sie nur:
„Das verstehst du nicht."
Es musste etwas Bedrohliches, Gefährliches sein, das las Dora in den Mienen der Erwachsenen.
Mit ihrer Schwester fühlte sie sich sicher, Dora war ja erst acht.

An einem Sonntag im Mai saß Dora auf Papas Schultern und überragte die dichte brodelnde Menschenmenge auf dem Wiener Rathausplatz. Viele schwenkten kleine Fähnchen in der Hand. Rot – Weiß – Rot. Dora hatte eine recht gute Aussicht da oben auf Papas Schultern, und sie fühlte sich wohl, trotz der Menschenmenge.
„Vorne ist das Rathaus", erklärte Vati ihr.
Es war Mai 1955, und die Menschen feierten ‚Staatsvertrag', was immer das war. Sie verstand es nicht. ‚Wieder so ein Wort …',

dachte Dora. Dass auch die Russen jetzt abzogen, hatte sie irgendwo aufgeschnappt.

Sie verstand nicht, warum die Russen jetzt Wien verließen, sie waren doch immer nett zu ihr und ihrer Schwester gewesen. ‚Warum also?‘ Aber die Menschen neben und unter ihr schienen den Tag zu genießen. Viele weinten, Dora hätte sie gerne getröstet, bis sie begriff, dass es Freudentränen waren.

Später, vor dem Einschlafen im Bett, musste Dora an Maria denken. Maria war wie sie selbst acht Jahre alt und wohnte in einem der Nachbarhäuser. Ihr Gesicht war fürchterlich entstellt, denn ihre Mutter hatte versucht, den Fötus mit einer Stricknadel abzutreiben. Ein Russenkind, entstanden aus einer Vergewaltigung, lebte jetzt mit entstelltem Gesicht in einem der Nachbarhäuser. ‚Ich verstehe so vieles noch nicht‘, dachte Dora. ‚Vergewaltigung‘, ‚Fötus‘, ‚abtreiben‘ – alles Worte, mit denen sie nichts anzufangen wusste. Also dachte sie lieber an die vielen Glücklichen auf dem Rathausplatz und an die Musiker, die den Donauwalzer spielten. Mit Musik kannte Dora sich schon ein wenig aus, aber mit anderen Dingen …? Sie konnte schon Sonatinen von Haydn spielen, aber ‚abtreiben‘, das konnte sie nicht.

Als sie an diesem Freudentag eingeschlafen war, träumte sie von einem Mann in grauer Uniform, in der einen Hand eine Stricknadel, in der anderen ein Fähnchen mit den rot-weiß-roten Farbstreifen, wie sie sie am Rathausplatz gesehen hatte. Der Uniformmann lächelte Dora in ihrem Traum ruhig zu, aber von seiner Stricknadel tropfte Blut. Und er hatte hinter seinem Lächeln schwarze Zähne.

Dora schrie in dieser Nacht. Mama kam zu ihr, um sie zu beruhigen. „So ein schöner Tag“, sagte sie, „… und du schreist. Lach doch lieber, Kind, lach doch!“

Der 15. Mai 1955 war vorbei. ‚Gut so‘, dachte Dora.

DER VERPATZTE BUB

Dora war acht,
als sie eigentlich ein Bub war.

Da sie draufgängerisch und wagemutig handelte, erklärte Mama
immer wieder jedem, mit dem sie über Dora redete:
„Sie ist ein verpatzter Bub."
In ihrer Stimme war so etwas wie leiser Stolz zu hören.
Ein Mädchen war also ein verpatzter Bub. Dora dachte nach.
‚Wieso ist nicht ein Bub ein verpatztes Mädchen?‘
Sie wusste es nicht und streunte weiter mit ihren Freundinnen
durch den dicht bewaldeten Stadtrand. Natürlich waren ihre
Streifzüge örtlich begrenzt, sie waren ja erst acht, aber ein Ausflug
zur versteckten Wiese – so nannten sie den großen Grasflecken
oberhalb des kleinen Berges in Omas riesigem Garten – kam ihr
und ihren Freundinnen vor wie eine weite, gefährliche Reise.
Wenn die Mädchen zu weit hinauf in den Wald gegangen waren und Mutter das erfuhr, sagte sie streng:
„Wenn ihr so weiter macht, wird euch einmal der schwarze Mann
holen."
‚Schwarzer Mann? Rauchfangkehrer? Neger? Dora wusste es
nicht und durchstreifte weiter Wiesen und Wälder.

Um ihrem Ruf als Bub, ob verpatzt oder nicht, gerecht zu werden, kletterte sie auf jeden halbwegs mit Ästen bestückten Baum
und rannte mit den Buben um die Wette. Dass sie dabei einmal
stürzte und sich ihre Knie zerschürfte, störte sie nicht.
Als sie schon in die dritte Klasse, die 3b, ging, rutschte sie im
Winter auf ihrer ledernen Schultasche einen steilen, vom Eis glatten Hang hinunter. Auf diese Weise zeigte sie den mitrutschen-
den Buben etliche Male, dass sie zu ihnen gehörte. Ein wahrer
Bub unter verpatzten Mädchen, das war sie.

Peter, ein Bub aus ihrer Klasse, wartete jeden Morgen bei der Kreuzung auf Dora. Sie gingen dann gemeinsam zur Schule. Peter wurde von seinen Schulkollegen gehänselt, weil er mit einem Mädchen ging.

„Du mit einem Mädel! Waschlappen!", riefen sie.

Dora merkte, dass es besser war, ein Bub zu sein. Und es war wohl auch besser, später ein Mann zu werden statt ein Fräulein.

Auch einen Unfall mit ihrem Rad nahm Dora tapfer in Kauf. Sie wurde anerkannt von den etwas fremden Wesen, die noch Kinder waren, aber einmal Männer werden sollten.

Alles hatte seine Richtigkeit, nur ihre Mutter sah dem Treiben besorgt zu. Ihr wäre lieber gewesen, Dora hätte sich mit einem hübschen Kleidchen ins Kinderzimmer begeben und hätte dort mit Puppen gespielt.

Dass ihre Tochter ‚auf Bub komm raus' am liebsten abgewetzte Hosen trug und sich beim Friseur die Haare kurz schneiden ließ, irritierte sie, aber sie ließ sich nichts anmerken.

‚Es wird vorüber gehen', tröstete sie sich selbst.

Und irgendwie war da auch Stolz dabei.

DAS BLUT

Dora war neun,
als das mit Lisa passierte.

Lisa war nicht nur Kusine, auch Freundin. Und sie riss sich beim
Hinfallen auf der großen Wiese, auf der sie beide ohne Aufsicht
spielten, den Oberschenkel an einem Stacheldraht auf. Sehr tief.
,Warum ist Blut rot und nicht blau oder grün?', dachte Dora.
,Warum ist die Wunde ihrer Kusine so groß und so tief?
Warum sieht man in dieser Wunde weißes Muskelfleisch, das
wie Grießpudding aussieht?
Und warum sang die Frau in dem alten Haus neben der Wiese,
auf der sie spielten, immer wieder zuerst Opernarien und als Ab-
schluss ,Deutschland, Deutschland über alles'? Bei offenem Fenster.
Obwohl doch Deutschland früher sehr böse war. Das sagte Mama.
Und warum waren die Augen von diesem Herrn Hitler, den Oma
manchmal zornig erwähnte, braun und nicht rosa?'

Wo man singt, da lass dich nicht gleich nieder,
auch böse Menschen haben ihre Lieder.

Das hatte Oma sie gelehrt. ,Vielleicht hatten die bösen Deutschen früher böse Lieder, und die Sängerin in dem alten Haus
neben der Wiese konnte das nicht vergessen … Sie sang schön,
wie ein Engel.'

Lisas Blut.

Doras Kusine Lisa saß mit gepunktetem Rock, aber grießpud-
dingähnlichem blutigem Muskelfleisch auf einem Baumstamm
und war bleich im Gesicht. Das rote Blut – nicht blau, nicht grün,
nein, rot war es – schoss plötzlich wie aus einem leicht verstopf-
ten Springbrunnen aus ihrem Oberschenkel.

Doras Augen starrten auf die Verletzung.
‚Warum sind Augen niemals rosa oder lila?‘

Lisas Blut.

Dora rannte zu dem alten Haus mit der Sängerin, um Hilfe zu holen. Sie rannte nicht nach Hause, nein. Sie hetzte zur Sängerin. Wie ein Blitz die Stufen hinauf, und schon war sie im Sängerinnenzimmer. Die Frau, die oft Opernarien und danach das Deutschlandlied sang, rief die Rettung an. Gott sei Dank hatte sie Telefon, Doras Eltern hatten keines. ‚Warum nicht?‘
Dora dachte an ihren Papa, der selbst keine Opernarien sang, sondern solchen Gesängen nur lauschte. Mit Kopfhörern und geschlossenen Augen. Ansprechbar war er nicht, wenn er dies tat, und Dora hasste diesen Rückzug ihres Vaters in die Arienwelt.

Gut, dass die Kusine jetzt in guten Händen war. Dora schaute zu den Wolken hinauf, die heute weiß waren. ‚Warum sind Wolken weiß oder grau und nicht kariert?‘
Und sie sah, wie aus den Wolken über ihr eine grießbreiähnliche Masse floss und einen blutroten Regen ankündigte.

‚Warum ist Blut rot?‘, fragte sie sich wieder und wieder.

DIE PANZER

Dora war neun,
als die Panzer walzten.

Ihre Eltern verfolgten seit kurzem oft die Nachrichten im Radio. Und sie sahen immer besorgter drein. Dora getraute sich nicht zu fragen, was los war. Bis ihr Vater die Mutter entsetzt ansah und sagte:
„Jetzt sind die russischen Panzer in Ungarn. Die walzen alles nieder!"
Dora verstand wenig, nur ‚russisch‘, das kannte sie. Und auch, dass die Russen seit einem Jahr nicht mehr da waren. ‚Wieso jetzt Ungarn? Was sind Panzer?‘ Dora kannte keine russischen Panzer, aber sie erinnerte sich an die freundlichen Soldaten, die Kinder mochten, vor allem blondzopfige.
‚Was war in Ungarn passiert?‘ Es schien sehr ernst zu sein. Vater versuchte zu erklären. Dass die Ungarn einen Volksaufstand gemacht hatten gegen die russische Besatzung, dass die russischen Politiker das nicht duldeten, und dass sie in Ungarn einmarschiert sind und mit Panzern alles niederwalzten.
‚Wie können Panzer walzen?‘ Dora kannte nur Straßenwalzen, die den heißen Asphalt platt machten, aber wieso machten in Ungarn Panzer alles platt?
„Viele Flüchtlinge werden kommen, das ist sicher",
meinte Mutter, und Dora fragte sich, was Flüchtlinge eigentlich waren. Sie hatte erst wenig von Flucht gehört. Der nächste Fasching fiel ihr ein. Sie wollte nicht aussehen wie alle anderen. Sie wollte weder als Cowboy noch als Prinzessin noch als Matrose verkleidet sein.
„Darf ich im nächsten Fasching als Flüchtling gehen, Mama?"
„Auf keinen Fall, Kind. Flüchtlinge, das sind arme Leute, denen man die Heimat genommen hat, die aus ihren Häusern vertrieben worden sind oder die vor Krieg oder sonst was Fürchterli-

chem fliehen mussten. Damit spaßt man nicht. Und niemand sollte sich im Fasching als Flüchtling verkleiden. Das wäre sehr dumm und geschmacklos."

Also was Heimat bedeutete, dass hatten sie in der Schule gerade durchgenommen. Damit kannte Dora sich aus, und sie hatte auch schon begriffen, dass es schlimm war, die Heimat zu verlieren. Diese Heimatlosen meinte also ihre Mutter, wenn sie sagte, dass viele Flüchtlinge kommen würden. Und dass sie aus Ungarn kommen würden, war Dora klar.

„Wie viele werden da kommen, Mama?"

„Ich glaube, sehr viele."

„Wie viele?"

„Vielleicht Hunderte oder Tausende oder zweihunderttausend."

Dora verstand diese Zahl nicht ganz.

„Was denn nun? Zwei oder hundert oder tausend?"

Mutter erklärte ihr diese große Zahl, und dann fiel Dora ein, dass im Rechenunterricht und auch in Geografie solche Zahlen seit neuestem vorkamen. Unvorstellbare Zahlen.

„Das sind ja so viele wie in einer sehr großen Stadt wohnen!"

„Ja."

Drei Tage später fuhren ihre Mutter, ihre Schwester und sie mit einem Onkel zur österreichisch-ungarischen Grenze. Österreich-Ungarn, das kannte sie aus dem Geschichtsunterricht. Aber dieses eigenartige Kaiserreich gab es schon lange nicht mehr. Also wieso fuhren sie jetzt zu dieser Grenze? Dora dachte nicht mehr weiter nach. Es würde sich alles zeigen.

An der Grenze schienen ihr alle ziellos durcheinander zu laufen. Mutter meinte, das seien Flüchtlinge, Helfer, Rotkreuzmitarbeiter. Alle rannten geschäftig herum. Dora hatte Angst, verloren zu gehen. Wieso waren sie überhaupt hierhergefahren? Ach ja, Mutter hatte etwas von Decken und Kleidung gesagt. Und die lieferten sie jetzt ab, bei einer Rotkreuzstelle. Acht alte, aber gute Decken, und einen Berg voll warmer Kleider, die daheim niemand mehr trug, weil sie zu klein geworden waren oder nicht mehr gefielen. Auch Dora verschenkte etwas. Ihren alten braunen Teddybären. Damit die ungarischen Kinder damit spielen konnten, wenn sie schon flüchten mussten. Der Rotkreuzmann bedankte sich, und Dora und ihre Familie fuhren wieder zurück nach Hause. Nicht die ganze Familie. Vater fehlte. Er hatte wieder einmal beruflich ins Ausland fahren müssen, wie so oft. Er war ja ‚beim Film‘.

Dora beschloss, aus Ärger über seine Abwesenheit, Papa einfach nichts von ihrer Rettungsaktion zu erzählen. Die Flüchtlinge hatten jetzt acht Decken und eine Menge Kleider von ihnen bekommen, auch ohne Papa.

In der folgenden Woche saß plötzlich ein Flüchtlingskind, ein Mädchen, in ihrer Klasse, der 3b. Auch dieses Mädchen war neun Jahre alt, wie Dora. Die Lehrerin bat alle, sie gut zu behandeln. Sie spreche kein Deutsch, sagte Frau Stober, und das sei für sie nicht einfach.

„Stellt euch vor, ganz allein mit vielen anderen zusammen zu sein und kein Wort zu verstehen, das ist hart. Helft ihr, wo ihr könnt, gut?"

Ilona, so hieß die Neue, saß im Klassenzimmer ganz in Doras Nähe. Das fand Dora aufregend. Das Flüchtlingsmädchen sah zwar aus wie eine von ihnen, aber sie war Ungarin! Ein schweigendes Mädchen, das während des Unterrichts nichts tat als Vögel aus Papier zu falten. Als Ilona Dora einen solchen Papiervogel schenkte, war Dora fast glücklich.

Von diesem Tag an waren sie Freundinnen, Ilona und sie. Sie lernte, Papiervögel zu falten, und sie schwiegen beide, wenn sie zusammen waren, aber das war Dora ganz recht. Es war angenehmer, als ständig zu reden. Sie hatte nun also ein Flüchtlingskind als Freundin. Und sie war stolz darauf.

DIE WÖRTER

Dora war zehn,
als sie die Wörter entdeckte.

Im nächsten Schuljahr begann die Ungarin Ilona, kurze Wörter mit Dora auszutauschen, aber nur mit ihr. So lernte Dora *bitte* und *danke* auf Ungarisch. *Bitte*, das hieß *sajnálom*, und *danke* *köszönöm*. Es war schwer zu merken. Ilona deutete auf Dora und sagte *ön barátnö*, und Dora tat es ihr gleich: *ön barátnö*. Es hieß *du Freundin*. Der Bund war geschlossen. Auch wenn die Sätze, die sie tauschten, aus nur zwei Wörtern bestanden.
Meistens aber schwiegen sie und spielten mit Puppen, wenn sie zusammen waren.

Als Ilona Dora einmal verriet, dass das deutsche Wort *Baum* im Ungarischen ganz einfach *fa* hieß, erinnerte sich Dora, dass das englische *tree* im Deutschen *Baum* bedeutete, das wusste sie von ihrer älteren Schwester.
Wieder daheim, nach ein paar Stunden mit Ilona, begann sie nachzudenken. In ihrem Kopf kreisten krause Überlegungen. Sie war sich schon als kleines sechsjähriges Mädchen sicher gewesen, dass die Engländer, wenn sie einen Baum sahen, *Baum* dachten, aber *tree* sagten. Und sie dachten *Bub*, wenn sie *boy* sagten. Anders konnte das nicht sein. Für Dora war es unvorstellbar gewesen, dass Engländer nicht so dachten.
Jetzt, wo sie älter und gescheiter war, zweifelte sie an ihrer Kleinmädchentheorie. Sie begann, ihre eigene Sprache, das Deutsche, genauer unter die Lupe zu nehmen. Und sie entdeckte ein großes Durcheinander.

Wieso gab es in ihrer Sprache drei Artikel und im Englischen nur einen?
Wieso war es schwer, die Mehrzahl richtig zu bilden?

Wieso hieß es der Kran und die Kräne, aber der Punkt und die Punkte und nicht Pünkte?
Warum sagte man die Wand und die Wände, aber die Uhr und die Uhren, ohne Umlaut?
Warum hieß es nicht die Kürse, die Krane, die Ühren, die Grüben, die Wande, die Baume, die Krafte?'

Sie dachte sich verrückte Geschichten aus:

> Als einer der Krane umstürzte, wackelten die Wande ganz gewaltig. Ella sah nur mehr Pünkte vor ihren Augen, die Ühren der Hafenstadt läuteten Sturm. Nur mit Bööten konnten die Leute sich aus der Nähe des Krans retten, alle Graser waren verbrannt, weil Gäse in einer kaputten Leitung ausgetreten waren und Brande entfachten.

Das war eine blöde Geschichte mit blöder Handlung, das sah Dora ein Aber sie begriff in diesem Moment, dass Deutsch eine sehr schwere Sprache war, und war froh, sie nicht erst lernen zu müssen.

In der Bibel stand doch ‚Am Anfang war das Wort', das sagte man ihr zumindest. ‚Und was war am Ende? Sprachlosigkeit?'

Einmal, während ihrer konzentrierten Überlegungen, passierte das, was schon öfter geschehen war und ihre Sprachforschungen abrupt unterbrach. Ihre Mutter öffnete kurz die Tür ins Kinderzimmer, in dem Dora über ihren Wörtern brütete, und sagte: „Ich geh nur kurz Koks holen. Bin in fünf Minuten wieder da." Natürlich würde es kaum länger dauern als die angekündigten fünf Minuten, bis Mama vom dritten Stockwerk in den Keller und wieder heraufkommen würde. Dora kannte das. Und fürchtete es. Ihre Mutter ließ sie allein in der Wohnung, für eine Ewigkeit. So lang waren für Dora fünf Minuten. Und dann tat sie, was sie immer in so einem Fall tat. Sie sagte alle neun Planeten der Reihe nach auf. Vater hatte ihr das beigebracht, weil sie Interesse an diesen Dingen zeigte. Merkur, Venus, Erde, Mars, Jupiter, Saturn, Uranus, Neptun, Pluto. Und verkehrt herum: Pluto, Neptun, Uranus, Saturn, Jupiter, Mars, Erde, Venus, Merkur. Voller Angst ratschte sie die Namen der Sonnentrabanten herunter, ganz schnell.

Danach verkroch sie sich in jenen Teil der Wohnung, der am weitesten von der Eingangtür entfernt war. Dort schrie sie. Ein Spiegel war die einzige Hilfe beim Alleinsein. Sie sah sich im Spiegel, redete sich ein, sie wäre dadurch nicht allein. Sie konnte nicht anders. Erst als die Mutter zurückkam, verstummte sie und lief schnell in ihr Kinderzimmer.

Da war es wieder, das Gefühl der Verlassenheit, das sich wieder breit machte in ihr. Warum das so war, wusste sie nicht. Die Mutter würde sie doch nie verlassen, dessen war Dora sich sicher. War sie sich sicher?

Vor ein paar Jahren, einer Zeit, an die sie sich gerade noch erinnerte, da hatte sie ein ähnliches Gefühl gehabt. Ihre Tante war damals mit dem Motorrad verunglückt, und als Mama zum Unfallort gelaufen war, hatte Dora Angst gehabt. Angst vor dem Verlassenwerden.

Damals war sie am nächsten Tag allein in den Kindergarten gegangen und vor verschlossener Tür gestanden. Sie hatte dagegen gedrückt, es hatte nichts genützt. Verstört und weinend war sie heimgelaufen. Wieder voller Angst. Voller Angst, dass ihre Mama womöglich nicht daheim war.

Bei dieser Kindergartengeschichte hatte sie sich ein weiteres Mal verlassen gefühlt, schrecklich verlassen.

Ihre Mama war damals daheim gewesen, als Dora heulend und erleichtert die Tür offen fand. Nicht auszudenken, was passiert wäre, wenn sie auch hier verschlossene Türen vorgefunden hätte. Die Kindergartentür war übrigens nicht versperrt gewesen. Es hätte nur etwas mehr Kraft gebraucht, sie zu öffnen.

Dora beschloss, Sprachwissenschaften zu studieren, sollte das mit der Schauspielerei nichts werden. Die Beschäftigung mit Wörtern und deren Ursprung faszinierte sie.

Noch glaubte sie aber an eine Laufbahn beim Film.

Aber sie dachte, lange Zeit vor ihrer Filmkarriere, immer mehr über Wörter nach. Daheim, auf der Straße, im Gehen, im Stehen. Sie formulierte Sätze, schrieb sogar Gedichte, ohne beispielsweise einen Umlaut zu verwenden. Und sie begann, Lyrik zu lesen, auch wenn sie nicht alles verstand. Morgenstern, Kästner und ,Der Kleine Prinz' waren ihre Lieblingslektüre. Bachmann oder Rilke, die verstand sie nicht. Vielleicht wenn sie älter sein würde?

Manchmal dachte sie, dass ihre Beschäftigung mit Geschriebenem vielleicht eine Flucht war. Eine Flucht vor den anderen Mädchen in ihrer Klasse, die sich nicht mit Lyrik beschäftigten, sondern mit Menstruation, Küssen, Sex und ihren BRAVO-Heften. Dora wollte all das nicht hören. Kann sein, sie wollte nicht erwachsen werden, aber waren es die heimlich kichernden, tuschelnden, zehnjährigen Schulkolleginnen? Sie waren alle noch Kinder. Kinder, die über Ahnungen sprachen, nicht über Erfahrungen.

Also vergrub sich Dora in ihre Gedichte, ihre Sätze. Sie empfand ihre Wörterwelt als realer als die getuschelte Welt der anderen. Von Morgenstern und Kästner fühlte sie sich behütet. Die passten auf, damit ihr nichts geschehen konnte, das wusste sie genau. Auch im Unterricht der 4b dachte sie über Wörter, Sätze und ganze Romane nach, leider. Die Lehrerin, Frau Stober, ermahnte Dora immer wieder, nicht zu träumen, aber der Traum (Mz. die Träume) war notwendig für Doras Studierpläne.

Bis ihre Mutter in die Schule kommen musste.

Nach einem langen Gespräch zwischen Mama und der Lehrerin verstand Frau Stober, worum es ging. Sie musste lächeln.

Als Doras Mutter (Mz. Mütter), die Verständnis für Doras Sprachforschungen hatte, mit ihrer Tochter gesprochen hatte, ging es wieder gut in der Schule. Dora lernte, die zwei Welten auseinander zu halten. Die Welt der Hauptstädte, Pflanzennamen, Additionen und die Welt der Wörter.

‚Am Anfang war das Wort‘, darüber dachte sie oft lange nach.
‚Und was würde am Schluss sein? Keine Wörter mehr?‘
In diesen Tagen und Wochen jedenfalls waren die Wörter Doras
Begleiter, und das würde auch noch lange so bleiben.

EINE RICHTIGE FRAU

Dora war elf,
als sie eine Frau wurde.

Das kam so:
An einem Augustnachmittag ging Dora früher als sonst vom
Schwimmbad heim, weil sie Bauchschmerzen hatte. Am Abend
zog sie ihre Unterhose aus, legte sie auf einen Sessel neben dem
Bett, war verstört. Die Unterhose zeigte dunkelrote Blutflecken.
Als ihre Mutter zum Gute-Nacht-Sagen kam, sah sie diese Fle-
cken. Sie hatte in den letzten Wochen immer am Abend vor dem
Schlafengehen nach Doras Unterhose gesehen.
„Mein Gott!", sagte sie an diesem Abend im August.
„Es ist also so weit."
Dora wusste vage, was das bedeutete.
Das Schrecklichste aber kam gleich nach der Unterwäschebesich-
tigung. Die Mutter verlange von ihr, sich hinzulegen und ihre
Beine zu spreizen. Sie gehorchte. Und dann fasste Mutter – zwar
vorsichtig, aber ungeheuer beschämend – nach ihren Schamlippen.
Dora erinnerte sich an einen Vorfall letzte Woche im Wellenbad.
Ein junger Bursche hatte ihr unter Wasser zwischen die Beine
gefasst, und sie hatte sich geschworen, nie mehr in dieses Bassin
zu steigen. Die Erinnerung daran schmerzte und erschreckte sie.
„Das sieht ja aus wie bei einer richtigen Frau", meinte die Mutter.
„Ab jetzt kannst du schwanger werden und ein Kind gebären."
Das wusste Dora längst. Hatten sie doch zwei Freundinnen schon
aufgeklärt, als sie zehn war.
Aber jetzt?
Nein, nein, nein. Sie wollte keine richtige Frau sein, und sie woll-
te kein Kind gebären. Eine schwere Welt stürzte auf Dora. Frau.
Schwanger. Kind. Frau. Schwanger. Kind. Es gab sonst nichts
mehr zu denken. Die Scham, die die handfeste Untersuchung ih-
rer Mutter in ihr auslöste, war riesengroß und grauenhaft.

Sie schlief kaum diese Nacht. Sie lag da mit einem dicken Wattebausch zwischen den Beinen, mit Bauchschmerzen, voller Verzweiflung. ‚Das Unglück, das mich getroffen hat, ist schrecklich schwer zu tragen‘, dachte sie. Und das soll mein Leben sein?

Auf einmal fiel ihr, fast schon im Schlaf, Lisas Blut ein, das vor Jahren aus ihrer Wunde am Oberschenkel geschossen war. Es war sauberes rotes Blut gewesen. Aber das hier?
Sie wollte keine Kinder kriegen, sie wollte ein Mann werden, das war der einzige Ausweg.
Am liebsten wäre ihr gewesen, sie könnte fliegen. Ein Flug vom Balkon, mit ausgebreiteten Armen hinunter auf den harten Beton der Hauseinfahrt. Mit ihrem Prinzessinnenkleid, dem hellgrünen, mit Volants und Rüschen geschmückt. Mit diesem Kleid wollte sie fliegen, als Abschluss ihrer Mädchenzeit und als Eintritt in ein Bubenleben. Sie stellte sich bereit, kletterte über das Geländer, machte sich fertig zum Abheben.
Als sie jäh aufwachte, spürte sie den Wattebauschklumpen, hatte sie noch immer Schmerzen und war noch immer ein Mädchen. Ein Mädchen, das ihre Wörterspiele vergessen hatte.

Mutter überreichte ihr zwecks Aufklärung ein Buch. ‚Bub und Mädel‘.
„Daraus erfährst du das Wichtigste.“, meinte sie.

DIE LIEBE

Dora war zwölf,
als sie zu lieben begann.

Sie wünschte sich ein Tagebuch, mit Schloss natürlich. An ihrem zwölften Geburtstag, einem Sonntag, hoffte sie schon beim Frühstück, dass ihr Wunsch Realität werden würde. Mutter wusste, was Dora wollte. Ab einem gewissen Alter der Töchter besprach man in ihrer Familie Geburtstagsgeschenke schon vor dem Festtag.

Tatsächlich übergaben ihre Eltern Dora beim nachmittäglichen Geburtstagskaffee ein Paket, das nach Form und Größe das Gewünschte enthalten konnte. Dora war sich noch nicht ganz sicher. Sie löste die Schleife, entfaltete das Geschenkpapier und war maßlos enttäuscht. Fast hätte sie geweint. Ja, es war ein Tagebuch, sogar in ansprechender Farbe, aber es fehlte das Wesentliche, das Schloss.

Sie versuchte, ihre Enttäuschung nicht zu zeigen, aber Mutter merkte Doras geheuchelte Freude. Und sie wusste, warum ihre halb erwachsene Tochter allzu ernst beim Betrachten des Büchleins war.

„Ich weiß, es hat kein Schloss, aber niemand wird nachforschen, was du deinem Tagbuch anvertraust. Niemand wird deine Notizen lesen außer du selbst."

Dora glaubte dem Versprechen nicht. Sie kannte die Neugier ihrer Schwester, auch die ihrer Mutter. Ihr Vater würde wohl kaum lesen wollen, was sie ihrem Tagebuch anvertrauen würde. Der war ‚beim Film'.

In Doras Kopf entwickelte sich eine ganz andere Szene am Kaffeetisch. Sie schrie los, klagte die Eltern an, sagte unter Zornestränen, dass ihre Mutter doch hätte wissen müssen, was sie sich unter einem Tagebuch vorstellte. Sie sah, wie sie mit ihrem rechten Arm ausholte, die Mutter schlug, die Schwester an den Haaren zog. Dabei schrie und schrie sie wie eine Verrückte. Sie zertrümmerte die alte Vase, die auf der Anrichte gestanden war, und brüllte, dass sie nie wieder ein Geschenk zum Geburtstag haben wolle. Dann rannte sie kopflos ins Kinderzimmer. Das war kein Geburtstag, nein!

Diese Szene war in Doras Kopf. Nur in Doras Kopf.

Sie bedankte sich artig für das Tagebuch, aß aber ungewöhnlich wenig von der Torte.

Obwohl dieser Geburtstag für Dora seinen Glanz völlig verloren hatte, schrieb sie abends unter ihrer Bettdecke, vorsorglich mit einer Taschenlampe ausgerüstet, ‚Liebe Conny' in ihr Tagbuch. Conny, so nannte sie ab jetzt ihre papierene Freundin. Und sie schrieb als erste Eintragung: ‚Du hast keine Schuld, Conny, dass ich heute unglücklich war deinetwegen. Wir werden uns gut vertragen.'

Am nächsten Tag klingelte die Nachbarin Sturm. Sie hätte einen Anruf an ihrem Telefon, der für Dora bestimmt wäre.

Dora lief zur Nachbarin. Ihre eigene Familie hatte kein Telefon, leider. Früher war ihr das egal gewesen, aber jetzt, wo sie schon so groß war …

Es war Inga, ihre 15-jährige Freundin, die ihr verspätete Geburtstagwünsche überbrachte.

Dora war verliebt in diese Freundin, nein, sie liebte sie. Sie liebte sie mit all der Kraft, die ihr mit ihren zwölf Jahren möglich war. Mutter ahnte nicht, dass die beiden Mädchen beim gemeinsamen Spaziergang, den sie immer öfter machten, eng umschlungen gingen. Es war eine Liebe, die ihren ganzen Körper umfasste, ihren Bauch heiß werden ließ, ihre Phantasie überstrapazierte. Dora träumte von Küssen, die Inga und sie austauschten und von einer unbeschreibbaren Nähe. Sie liebte mit einer fast besorgniserregenden Intensität. Ihr Puls flatterte, wenn sie in Ingas Nähe war, ihre Knie wurden weich. Es war wunderbar und schrecklich zugleich.

Jetzt aber, am Telefon der Nachbarin, trat ein ganz anderes Problem auf. Dora verstand fast kein Wort, unverständliche Laute drangen an ihr Ohr. Sie war das Telefonieren einfach nicht gewöhnt. Ihr Gesicht wurde rot, sie versuchte verzweifelt, die Worte der geliebten Freundin zu verstehen. Ein schreckliches Telefonat.
„Servus, und danke für die Geburtstagswünsche" war alles, was Dora am Schluss gerade noch über ihre Lippen brachte.
Enttäuscht und liebestoll ging sie wieder in die elterliche Wohnung und gleich in ihr Zimmer. Es gelang ihr, ihre Unfähigkeit in Zorn zu verwandeln:
„Kruzi Türken noch einmal! Idiotisches, blödes Telefon!", schimpfte sie über den neumodischen Apparat, der jetzt die Schuld an diesem Gesprächsschlamassel übernehmen musste.
Inga, ihre große Liebe. Sie würde sie morgen sehen.

Dora liebte viele Mädchen und Frauen. Männer waren ihr fremd. Eine ihrer Lieben war Olympia, gebürtige Griechin, älter als Dora. Und Olympia war aus einer anderen Welt. Sie lebte großteils allein zu Hause, ihre Mutter arbeitete, ihren Vater gab es nicht. Sie hatte ein erstaunlich freies Leben, das Dora still bestaunte. Zwei oder drei Mal besuchte Dora diese fremde Freundin. Sie hörten Jazz, Thelonious Monk, Art Farmer. Dora hatte noch nie Jazz gehört. Sie sahen sich die ‚Vogue' an, Dora hatte diese Zeitschrift noch nie gesehen. Und sie schwärmten beide von einer gemeinsamen Liebe, ihrer Musiklehrerin.

Ein Schulkollege nannte die beiden abfällig ‚Lesben'. Dora kannte nur Lesbos, eine griechische Insel. Ihr Onkel hatte ihr einmal eine Ansichtskarte aus Lesbos geschickt. Was ‚Lesben' waren, das wusste Dora nicht, und es wäre ihr auch egal gewesen. Sie liebte einfach.

Olympia besorgte überraschend Konzertkarten für den Großen Musikvereinssaal. Strawinskys ‚Sacre du printemps' stand am Programm. Und Beethovens fünftes Klavierkonzert.
Beethoven, den kannte Dora, aber Strawinsky?

Olympia und sie saßen 1. Rang, 1. Reihe. Sie saßen eng umschlungen. So eng wie bei den Spaziergängen mit Inga, und lauschten. Die Musik drang in Dora ein, nein, sie riss ein Loch in ihren Brustkorb, ihr Solarplexus vibrierte. Mit Olympia neben sich flog Dora über Klippen, über Wälder, über Meere. Sie flog, wie einst in ihrer Kindheit vom Balkon, mit ihrem grünen Rüschenkleid. Damals war sie nur vom Balkon geflogen, jetzt aber flog sie hoch hinauf bis zum Ende der atembaren Luft, und weiter, immer weiter, bis zum Merkur, bis zur Sonne. Dort verbrannte sie. Beinahe. Jeder Ton von Beethoven traf ihr Inneres und blieb dort stecken wie ein Pfeil. Sie schwamm in ihren Gefühlen wie ein junger Schwan im See und wusste nicht, ob sie verbrennen oder ertrinken würde. Es war überwältigend.

In der Pause blieben sie umschlungen.

„Schämt ihr euch nicht. So benimmt man sich nicht", schimpfte eine alte Dame mit Perlenkette.

Dora war verwirrt, aber Olympia konnte man nicht so leicht klein kriegen.

„Wir lieben uns, Oma, das ist alles", rief sie lachend. So laut, dass es auch andere Konzertbesucher hören konnten.

Ja, das war Olympia.

Eines Tages war sie verschwunden. Sie war nicht in der Schule, kam auch nicht wieder.

‚Sie musste nach Griechenland zurück', hieß es.

‚Nach Griechenland? Aber ihr Zuhause war doch hier! Musste sie womöglich gar nach Lesbos?' Dora war sprachlos, aber Olympia blieb trotzdem verschwunden. Für immer. Wahrscheinlich. Dora trauerte. Dann wandte sie sich wieder mehr Inga zu. Und auch ihrer Musiklehrerin, die von ihrer Zuneigung nichts wusste. Jedes Mal, wenn Dora im Unterricht aufgerufen wurde, etwas zu einem Thema zu sagen, lief sie purpurrot an. Die Lehrerin deutete es als Pubertätsproblem, doch Dora wusste, dass es Liebe war. Als die Lehrerin den Schülerinnen einmal einen Abschnitt aus ‚Sacre du printemps' vorspielte, weinte Dora.

Olympia fehlte ihr. Es war nie mehr dasselbe ohne die griechische Freundin. Olympia hatte einen Teil ihrer Gefühle mitgenommen nach Griechenland. Es war nicht mehr dasselbe.

Dora zog sich ein wenig zurück.
Etwas Kostbares war von ihren Gefühlen geblieben, das ihr gefiel. Sie nannte es Weltphantasien. Sie sah bei ihren Spaziergängen mit Inga ein weißes Kätzchen auf der Straße, aber es war nur ein Nylonsack, mit dem der Wind spielte. Sie sah eine Frau in einem Garten, mit einem auffallenden Wuschelkopf, aber es war nur ein kleiner Buchsbaumstrauch. Sie sah schöne Frauen in Wolken, glitzernde Forellen, wo sich nur die Sonne im Wasser spiegelte. Sie sah eine zweite Welt über der ersten. Eine zweite Welt, die glänzte und manchmal erschreckte. Denn sie sah mitunter auch schwarze Männer, bunte Hexen, blutrote Gesichter. Meistens aber war es eine glückliche, phantastische Welt. Und Dora wollte diesen Glanz für immer bewahren.
‚Sie wird irgendwann verschwinden, diese Welt‘, dachte sie traurig.

Eines Tages räumte Dora ihre Kinderwelt in den Keller. Puppen mit selbst gehäkelten Röckchen, abgegriffene Plüschbären, bunte Bauklötze, alles verschwand in Kisten. Wehmut machte sich breit in ihr, und ihre Agen wurden nass.
Sie war aus dieser Welt herausgewachsen, suchte eine neue. Erwachsen werden wollte sie noch nicht so ganz. Die Tür zu ihren Kindertagen schloss sich, und zwischen diesen Tagen und der noch verschlossenen Tür zum Frausein war da eine andere Tür, die zu einem leeren Raum führte. Zwischen Kindheit und Frauenleben klaffte ein Riesenloch. Man nennt es ‚Jugend‘. Und es musste gefüllt werden, dieses Loch.
Was Dora nicht in den Kisten verstaute, waren ihre Wörterspiele und Schauspielpläne. Sie legte sie beiseite, nur beiseite, und verwahrte sie gut.

Abends schrieb sie ‚Ich hab‘ meine Kinderzeit in Kisten verpackt, Conny. Was wird jetzt kommen?‘

DER KUSS

Dora war 13,
als sie geküsst wurde.

Es geschah am Donaustrand. Dora hatte ihn schon so manchen
Sonntag davor beobachtet. Er gefiel ihr. Er gefiel ihr sogar sehr.
Fast wie Inga, fast wie Olympia.

Am letzten Sonntag der Schulferien näherte er sich ihr wie ein
Gentleman, knüpfte ein Gespräch an, verriet sein Alter, neun-
zehn. Zu alt für Dora? Sie sagte nichts, und sie wusste, dass sie
älter aussah, etwa wie 16, und attraktiv war.

Auf dem weißgrauen Schotter des Strands saßen sie, als er plötzlich
sein Gesicht dem ihren zuwandte, ganz nah. Dora hatte Angst,
aber sie ließ alles geschehen, wie gelähmt. Er küsste sie mit einem viel zu harten Kuss, seine Zunge bohrte sich in ihre Mund-
höhle und bewegte sich dort wie eine Nacktschnecke. Dora erschrak. Das war also Sex?

Mitten in diesem Zungenkampf fiel ihr Klimts Bild ‚Der Kuss‘
ein. Was hier aber passierte, mit der Schnecke in ihrem Mund,
das hatte nichts mit Klimts Gemälde zu tun, das war sicher.

Schnell stand sie auf, bekam einen hochroten Kopf und verschwand
mit den Worten: „Ich bin erst 13.“ Aber er glaubte ihr das nicht.

Sie sah ihn nie wieder, aber Dora war verstört. Wochenlang hatte sie den Geschmack seiner Zunge in ihrer Erinnerung, und das
gefiel ihr gar nicht.

Sie würde sich nicht so bald wieder küssen lassen, und sie verstand nicht, dass manche Mädchen in ihrer Klasse nur von Burschen redeten, von sonst nichts.

‚Conny, ich hab' mich küssen lassen‘, schrieb sie. ‚Es war erschre-
ckend, glaub mir.‘

GESCHLECHTSVERKEHR

Dora war 13,
als sie vieles erfuhr.

Wie man Kinder machte, wusste sie schon längst. Schon vor ihrer
ersten Regel hatte sie das gewusst. Die Rauchfangkehrer-Mitzi,
die Tochter des Rauchfangkehrers, und Christl, das Mädel der
Nachbarin, hatten sie rechtzeitig vor ihrer ersten Blutung ein-
geweiht in die Geheimnisse der Erwachsenen.
Das Wort ‚Geschlechtsverkehr‘ hatte den Mädchen gar nicht be-
hagt, aber so hieß die Sache nun einmal.
„Tut das weh?", hatte Mitzi damals gefragt.
„Na ja, wenn du Lulu machst, ist das doch heiß. Es kann nur
unangenehm sein", hatte Dora selbstsicher zur Aufklärung bei-
getragen.
Zehn Jahre waren sie damals alt gewesen.
Das kleine Buch ‚Bub und Mädel‘, das Dora später von ihrer Mutter bekommen hatte, war in diesem Moment überflüssig gewesen. Sie hatte sich längst ausgekannt, dank Mitzi, dank Christl.

Jetzt war sie 13 und war schon geküsst worden. Die Sachlage
hatte sich geändert.

Zum ersten Mal in ihrem Leben machte sie sich manchmal Ge-
danken über diese Wesen aus einer Parallelwelt, über Männer.
Geküsst werden wollte sie nicht. Nach diesem unangenehmen
Erlebnis am Donaustrand war sie geheilt. Vorläufig.
Ihr Wissen über Geschlechtsverkehr bezog sie aus einem rot ge-
bundenen Buch, das die Eltern wohlweislich in einem Kasten
versteckt hielten. Nicht gründlich genug für Dora. Es war ein
Aufklärungsbuch für Erwachsene, ein Anleitungsbuch für Sex.
Dora blätterte oft darin, holte sich ihr Wissen aus Zeichnungen
und Erklärungen. Sie wusste, dass die Knaus-Ogino-Methode

empfehlenswert war, dass der Orgasmus der Frau langsamer aufgebaut werden musste, dass die normale, häufigste Stellung beim Verkehr die war, dass die Frau auf dem Rücken lag und der Mann auf ihr, der Frau zugewandt. Einen Orgasmus kannte Dora. Der Wasserstrahl der Dusche war dabei sehr hilfreich, das hatte sie schon lange entdeckt. Sie hatte nur die Bezeichnung dieses angenehmen Gefühls nicht gekannt.

‚Warum aber muss das Glied des Mannes in die Scheide hinein, wenn der Wasserstrahl doch nur außen auftrifft und diese großartigen Gefühle dabei auslöst?‘, fragte sie sich.

Ja, Dora wusste vieles über die Sache, aber nicht genug.

Sie begann, sich in der Kunst zu üben, Männer zu reizen, und sie sah wie gesagt älter aus. Ein Schwung ihrer Hüften, ein Kleid mit tiefem Ausschnitt, das genügte, um Aufmerksamkeit zu erregen. Dann aber wurde das männliche Wesen zurückgestoßen an den Ort des ‚Nur-nicht-Angreifens‘. Empörung im Blick des tugendsamen Mädchens. Niemand sah die Angst in ihren Augen. Diese Kunst der Anziehung und Abstoßung übte Dora aber nur ein wenig. In Wahrheit fürchtete sie sich.

Eine der Folgen von Sex konnte ja eine Schwangerschaft sein. Um die zu vermeiden, hielt Doras Mutter ihre Mädchen von allem Männlichen fern. Sie war streng, denn in ihren Augen konnte nichts Schlimmeres passieren als eine Schwangerschaft. Nicht auszudenken!

Vielleicht wäre es besser gewesen, die Töchter über Verhütung aufzuklären.

Doras Tagebuch wurde mit immer mehr Wörtern gefüllt.

‚Liebe Conny!

Ich lese oft in einem roten Buch. Es lehrt den Sex. Ich hab' mir die Sache anders vorgestellt, spannender, phantasievoller. Die Nüchternheit in diesem roten Buch erstaunt mich und stößt mich zugleich ab. Trotzdem lese ich immer wieder weiter und versuche, mir das meiste zu merken. Ich werd' ja sehen, eines Tages ...‘

Einmal hatte Mutter Besuch von einer Freundin. Sie tranken Kaffee, aßen Kekse, redeten über Gott und die Welt.

Und an diesem Tag hörte Dora, die die Gespräche der zwei Frauen heimlich belauschte, die Geschichte von einer schweren Geburt. „Fürchterlich muss das gewesen sein, sie wäre fast verblutet.", erzählte die Freundin.

„Drei Tage hat die Geburt gedauert, unvorstellbare Schmerzen hat die Frau erleiden müssen. Es ist unverständlich, warum die Ärzte keinen Kaiserschnitt veranlasst haben, entsetzlich. Die arme Frau hat geglaubt, sterben zu müssen, und sie hat geschrieen, geschrieen, geschrieen."

Das reichte Dora. Sie schwor sich, nie ein Kind auf die Welt zu bringen, auf keinen Fall. Komme, was wolle. Selbst wenn der Preis sein sollte, Jungfrau zu bleiben, sie würde nie, nie, nie gebären. Nein.

DIE MAUER

Dora war 14,
als Berlin zerrissen wurde.

Die Leute, die eines besaßen, hingen am Fernsehgerät. Es war
Juni 1961, zwei Staatsmänner trafen sich in Wien. Aber bei Dora
daheim gab es keinen Fernseher. Radio schon. Natürlich.
Dora war nicht besonders interessiert an Politik. Sie wusste nur,
dass es den Westen und den Osten gab. Chruschtschow, der war
aus dem Ostblock, Kennedy aus dem Westen. Und diese beiden
trafen sich in Wien. Dora war stolz auf ihre Heimatstadt, die den
Gesprächen zwischen Chruschtschow und Kennedy Raum gab,
aber worüber die beiden redeten, das wusste Dora nicht. Sie war
nicht besonders interessiert an Politik.

Zwei Monate später war sie im Campingurlaub an einem Kärntner See. Mit ihren Eltern und ihrer Kusine Lisa, deren Narbe am
Oberschenkel gut sichtbar war. Lisa schien diese Narbe aus der
Kindheit als Ehre zu empfinden.
Einmal verschwanden Dora und Lisa. Sie waren im Badeanzug.
Weg vom Campingplatz gingen sie, ohne dass Doras Mutter das
bemerkte. Die Mädchen gingen leicht bergauf ein Stück den See
entlang, bis sie zu einer Stelle kamen, wo eine abschüssige Wiese
mit verbranntem Gras bis zum See hinunterführte. Eine Wiese,
die eigentlich ein steiler Hang war. Dieser Hang fiel praktisch ins
Wasser, bedingungslos, ohne Vorbehalt. Ganz oben, am Rand
des Abhangs, stand ein alter Nussbaum, sicher und fest. Drei Burschen hatten ein Seil an einem der starken Äste montiert, und an
diesem Seil schwangen sie ganz weit, ganz hoch über dem Abgrund, wie auf einer Riesenschaukel. Am höchsten Punkt, ganz
vorne über dem Abgrund, ließen sie das Seil los und ließen sich
ins Wasser fallen, aus mindestens fünf Metern Höhe.
„Dürfen wir das auch einmal versuchen?"

Doras draufgängerisches Wesen, das manchmal bei ihr durchbrach, ließ sie diese Frage stellen.

Die Mädchen hatten ein wenig Angst vor der jungen Männlichkeit, die da ihr Können am Schwungseil und im Wasser zeigte. Wider Erwarten waren die Burschen freundlich zu ihnen und ließen sie die Sache probieren. Insgeheim hofften sie, dass die Mädchen zu feige wären.

Dora probierte es. Auf einmal war sie wieder Kind, trotz ihrer 14 Jahre. Neugierig auf Neues, voller kindlicher Abenteuerlust. Ihr Herz klopfte, ihr Puls ging schnell, ihr Atem war hörbar. Und dann der Abflug, der Mut, die Schwerkraft für kurze Zeit zu überwinden. Dora schwang sich über den Abgrund, bedingungslos und ohne Vorbehalt, wie der Hang selbst. Ohne Chance, den Vorgang abbrechen zu können. Und gerade das gefiel ihr. Keine Chance, abzubrechen und zu sagen ‚Ich will nicht mehr.' Sie musste loslassen und sich ins Wasser fallen lassen. Anders gab es kein Überleben. ‚Hoffentlich', dachte sie. Mehr nicht.

Sie tauchte aus dem Wasser auf, ihr Gesicht strahlte wie das eines Kindes unter dem Christbaum, sie hatte ein riesengroßes Lachen in ihren Augen. Ihre braunen Haare waren silbrig glänzend nass. Mit ein paar Tempi war sie am Ufer, kletterte geschickt den Hang hinauf, wollte unbedingt noch einmal fliegen, ohne Vorbehalt, ohne Möglichkeit auszusteigen.

Lisa staunte nur.

Und ein zweites Mal schwang Dora sich über die steile Wiese himmelaufwärts und ließ sich einfach fallen, am höchsten Punkt. Ins kühle Wasser fiel sie, eleganter als beim ersten Mal, aber genauso glücklich danach.

Lisa wollte das nicht ausprobieren. Nein.

Am Rückweg zum Campingplatz schrie Dora ihre Kusine fast an. „Es ist phantastisch, Lisa. Du schwingst an diesem Seil bis in die Wolken, und genau am höchsten Punkt, wenn dein Gewicht kurz nicht mehr da ist, dann lässt du aus. Du musst Vertrauen haben, ganz großes Vertrauen, in dich und den Baum, und dann gelingt es."

Dora redete und redete. Vom Himmel hinunter ins Nass. Von windiger Höhe hinunter in den blauen See. Vom Vertrauen ins Seil, ins Wasser.

‚Sie ist süchtig geworden‘, dachte Lisa und war ein bisschen neidig.

Zwei Tage später, während eines Volleyballmatchs in der heißen Mittagssonne des Campingplatzes kam Doras Vater gerannt und rief:

„Sie bauen eine Mauer mitten durch Berlin!"

‚Wer waren ‚sie‘ und warum bauten sie eine Mauer? Womöglich lang wie die chinesische?‘ Dora verstand nichts, obwohl sie in letzter Zeit ein wenig auf die Nachrichten geachtet hatte. Aber Elvis Presley war ihr wichtiger als Politik.

Das Match war abrupt zu Ende. Einsam rollte der Ball auf dem Boden, immer langsamer, und blieb schließlich still liegen, im Staub. Ratlose Gesichter, die einen Moment lang trotz der Hitze einzufrieren schienen. Dora stand still. Wie der Ball. Dann redeten alle durcheinander. ‚Eine Mauer durch Berlin? Das gibt es nicht. Ein Irrtum. Und wahrscheinlich eine Falschmeldung.‘ Man lachte ein wenig, aber nur mit dem Mund. Die Augen lachten nicht mit. Dora verstand, dass es mit Osten und Westen zu tun hatte. ‚Warum waren nicht alle in den Süden gefahren? Ohne Mauer?‘

Eine Frau sagte zu Doras Vater:

„Aber nein, wer hat Ihnen denn diesen Bären aufgebunden?"

Im nächsten Moment stand sie still. Wie Dora. Wie der Ball.

Die Leute rotteten sich zusammen, aufgeregt und ungläubig. Es hieß, dass Menschen in Berlin aus den Fenstern sprangen, um noch schnell in den Westen, in die Freiheit zu gelangen. Es gab Tote.

Dora erinnerte sich plötzlich an ihren Sprung vom Seil ins Wasser, vor zwei Tagen. Sie hatte nicht in den Westen springen wollen, in die Freiheit. Sie wollte nur den freien Fall durch die Luft genießen. Ein schlechtes Gewissen drängte sich in ihren Kopf, weil nicht sie es war, die beim Sprung zu Tode kam. Nur Berliner starben, nicht sie.

Als Vater ein wenig Zeit hatte, versuchte er, Dora und der Kusine die Sache kindgerecht zu erklären. Aber wozu ‚kindgerecht‘? Sie waren fast erwachsen oder wurden es in diesem August. Ostdeutschland, die DDR, der Name Honecker, und schließlich die Russen. Die Russen? Schon wieder die Russen, die doch blonde Kinder mochten. Es war verwirrend für Dora. Ihre Kusine fand es spannend.

Und dann noch das. Ein Telegramm an Doras Vater, eingetroffen nur Minuten nach der Mauermeldung. Doras Opa war gestorben, ihr Vater hatte also keinen Vater mehr.
Eilig und schweigend wurde gepackt. Dora war alles unangenehm. Die Mauer, Opa, alles. Sie dachte an ihren kindlichen Wunsch, vom Balkon abzufliegen, ohne sich zu verletzen. Sie wollte hoch hinauffliegen, weit weg von hier, weg von Kärnten, von der Mauer, von ihrem traurigen Vater.

Die Heimfahrt traten sie mit dem Zug an. Das auffallende Wehrmachtsauto hatten sie nicht mehr. Das war verkauft worden.
Vater öffnete das Fenster am Gang des Zugs und ließ den Fahrtwind über sein Gesicht streichen. Dora konnte Tränen auf seinen Wangen erkennen. ‚Wegen Opa oder wegen der Mauer? Wahrscheinlich wegen beidem.‘

Dora hoffte eindringlich, dass die Mauer nicht so endgültig war wie Opas Tod,

In ihr Tagebuch schrieb sie, noch im Zug, ganz kurz:
‚Heute haben sie eine Mauer durch eine Stadt gebaut, sie haben Berlin zerrissen. Ich aber hab‘ mich über blau glitzerndem Wasser in den Himmel geschwungen, trotz der geteilten Stadt.‘

BLA, BLA, BLA

Dora war 15,
als sie genug hatte von allem.

Sie bemerkte immer öfter, dass Menschen stundenlang reden
konnten, ohne auch nur das Geringste zu sagen. Es war langweilig und frustrierend zuzuhören.

Dora beschloss, sich Conny, ihrem Tagebuch, anzuvertrauen.
Wem sonst? Conny würde sie sicher verstehen.

‚Liebe Freundin!

Die Erwachsenen, nein, die Verwachsenen reden furchtbar viel
und unangenehm laut, ohne etwas zu sagen, das von Belang wäre.
Unbedeutende Menschen mit unbedeutenden Leben, das ist ihr
Gesprächsstoff. Kasperltheater, bla, bla. Sie reden über Menschen,
die ich nicht kenne, über die Dummheit eines jungen Burschen,
der bei einem Wirten bediente, oder über die Frechheit eines
Mädchens aus der Nachbarschaft. Bla, bla, bla.
Wenn meine Eltern mit irgendwelchen Leuten zusammenhocken, Conny, dann fallen viele unnötige Wörter. Bla, bla, keiner sagt was Wichtiges.
Die Kubakrise spitzt sich zu, ich weiß darüber nicht so wirklich
Bescheid, aber ‚Die Welt steht vor einem Abgrund‘ sagen Leute,
die sich auskennen. Meine Eltern ziehen es trotzdem vor, gut-
gelaunt an diesem Abgrund zu stehen und belanglosen Unsinn
zu quatschen, bla, bla.
Alte und neue Diktatoren lassen Menschen erschießen, aber bla,
bla. Sie reden über ein kubanisches Kochbuch statt über Che
Guevara. Und sie reden über das neue, hässliche Kleid der Nachbarin. Bla, bla, bla.

In Kriegen auf der ganzen Welt sterben tausende Kinder, bla bla, aber meine Eltern und ihre ‚Freunde' backen Torten mit fettiger Füllung. Mir wird schlecht, wenn ich daran denke.

Die Schwester vom Hans hat jetzt einen jüngeren Mann. Nicht zu glauben.

Und Frau Bergers Kinder wollen nicht mehr zur Schule gehen, was sagt man dazu? Recht haben sie, die Kinder.

Die Baustelle am Stadtrand nervt gewaltig. Müssen die denn ständig die Straßen reparieren?

‚Ich werde immer fetter', klagt meine Tante.

Ich könnte heulen oder besser schreien über so viel Ignoranz und Oberflächlichkeit, Conny. Bla, bla bla, dieses Wort mit drei Buchstaben ist die einzig zutreffende Beschreibung ihrer Konversation.

Die Welt ist zusammengeschrumpft auf einen Haufen Nebensächlichkeiten mit hunderten Bla Blas. Aber er ist unerschöpflich, dieser Haufen, und er gebiert immer neuen, unnötigen Unsinn, wie Würmer in verfaultem Stroh. Sie quatschen ohne Pause, ohne Achtsamkeit, verstehst du, Conny? Die Erwachsenen sind gar nicht erwachsen. Sie sind wie Kinder mit eingeschränktem Verstand. Also _ver_wachsen.

Was nicht vorkommt in ihrem ewigen Geplapper ist Liebe, ist Schmerz, ist die Sonne mit ihren Planeten, ist Glück. Und auch der Tod, der sich nicht wegzaubern lässt, kommt nicht vor in ihren Marathonläufen aus unnötigen Wörtern. Er ist aber das Einzige, was zählt im Leben. Im Leben?

Ich will das nicht mehr, Conny! Entweder ich hau' ab von daheim oder ich versuch's mit Rückzug, mit auswegloser Phantasie, mit Flucht.

Ich hab' genug.

Von allem.

In meinem Kopf ist Rebellion, aber _nur_ dort. In meinem Herzen hab' ich mir ein Widerstandsnest gebaut, aber _nur_ dort.

Ich bin viel zu feige, Conny, um aufzustehen, um zuzuschlagen und dieses Bla bla zu beenden. Bla bla bla bla!

Gute Nacht, meine Freundin. Du bist die Einzige, die mir zuhört und mich versteht. Ich bin sehr traurig.'

Später wird Dora lächeln über diesen gefühlsduseligen Kitsch und über die rebellisch gemeinten Worte einer pubertierenden Halbwüchsigen. Teenager nannte man sie damals. Oder ‚Backfisch', was noch blöder war.
Dora war kein Fisch. Sie wollte stark sein wie ein Bulle, wollte, wieder einmal, ein Mann sein. Ihre Mädchenexistenz war ihr zu eng und zu fade, und ihr Frauwerden hatte sie sich nicht gewünscht. Nein.
Sie wollte das alles nicht.

DER SCHUSS

Dora war 16,
als etwas zusammenbrach.

Es war Juni. Dora hatte ihre Rebellion gegen alles Mögliche auf-
geschoben auf später. Auch die Liebe zu weiblichen Wesen hatte
sich verflüchtigt. Sie hatte lang genug so geliebt. Dass sie nun ein
hübsches junges Mädchen war, gefiel ihr in letzter Zeit ganz gut.
Auch die neue Musik mochte sie, Vater nannte sie ‚Negermu-
sik‘. Das Interesse an Beatles, Jimi Hendrix, André Heller stieg.
Dora spürte die neue Art der Revolte in der Musik der Beatles, und diese Rebellion schüttelte die Welt ein wenig durcheinander. Die Jugend begehrte auf. Widerstand gegen die Alten war die Devise.

Dora bemerkte Veränderungen in ihrer aller Alltagsleben. Statt der
fürchterlichen Strumpfbandgürtel und der zugehörigen Strümpfe
gab es jetzt Strumpfhosen. Männer behaupteten, das wäre unero-
tisch. ‚Ja und? Die Mädchen sollen sich in Bänder- und Straps-
korsetts zwängen, um erotisch zu sein? Wozu? Für die ‚Halbstar-
ken‘, die in Wirklichkeit unsichere Burschen waren? Ahnungslos,
was Frauen betraf?‘
Auch die Röcke wurden legerer, bequemer. Weg waren die Reif-
röcke mit sperrigem Umfang, der nicht zu Bus oder Straßenbahn
passte. Dora hatte sich noch vor kurzem mit solchen radgroßen
Kleidungsstücken herumschlagen müssen. Die kreisförmigen,
steifen Röcke, die jetzt nicht mehr aktuell waren, hatten sie er-
innert an Ritterrüstungen, aber die Qualen, die sie und andere
der Mode wegen erduldet hatten, waren ja vorbei.
Weg waren auch die Petticoats, deren Rüschen in enorm vielen
Schichten das Kleid vom Körper hatten abstehen lassen. Wie ein
riesengroßer Pilz mit hunderten Lamellen unter dem Hut war
sie sich vorgekommen mit diesen Petticoats.

Eine neue Freiheit wurde lauter. Vorbei waren eine Menge kleiner Zwänge. Nur in Doras Gymnasium, da waren lange Hosen verboten, noch. Bald war aber auch das vorbei. Die blauverwaschenen, engen Jeans, die es jetzt schon seit einiger Zeit gab, eroberten die Klassenzimmer und die Straßen. Da konnten die Alten noch so schimpfen auf Dora und ihre Kolleginnen, es nützte nichts. Solchen Nörglern zeigten die Mädchen einfach die Lange Nase. Die Jugend war bunter und freier geworden, unbestritten. Mit der neuen Freiheit kamen aber nicht alle gut zurecht. Alte Werte hatten sich eingeprägt und waren nicht so leicht abzuschütteln.

Gleichzeitig mit Jeans und Strumpfhosen hatte der Bikini seinen Siegeszug durch die westliche Welt angetreten. Bislang ungeschaute Nabelschau wurde plötzlich möglich, und all das war ‚leiwand‘ und ‚klass‘.
Dora durfte endlich ihren ansehnlichen Körper zeigen. Sie war jetzt gerne Frau und dachte mit einem kleinen Lächeln an früher. An eine Zeit, in der sie noch Mann sein wollte. Aufrechten Ganges trug sie das neue ‚Badekleid‘, den Bikini, und stolzierte damit an den blöd grinsenden Burschen vorbei.

Es war Juni.
Und es gab eine Welt außerhalb von Dora und ihren Klamotten. Die Berliner Mauer zerriss nun schon seit zwei Jahren Deutschland in zwei Teile, zwei blutende Fetzen, es war unmenschlich. Daran wollte Dora aber nicht denken. Was sollte sie denn schließlich dagegen tun? Sie war nur ein junges Mädchen.

Dora hörte Radio, als Kennedy eine geschliffene Rede in Berlin hielt, die mit den Worten endete ‚Ich bin ein Berliner‘. Ganz verstand Dora die Bedeutung dieses Satzes nicht, aber sie war trotzdem beeindruckt von dieser Aussage, beeindruckt von J. F. Kennedy. Er war ein Hoffnungsträger für sie. Und ein attraktiver Mann mit einer schönen Frau. Einer, der die Welt gerechter, friedlicher, besser machen würde, ganz bestimmt. Dora glaubte an diesen überirdischen Präsidenten, auch wenn sie wenig Zeitung las und kaum Nachrichten hörte.

Kennedy war zum Retter und Helden der Welt geworden, und davon ließ Dora sich mitreißen. Mit Haut und Haar.

Fast war es eine Art Liebe.

Der Sommer verging schnell in diesem Jahr. Sie war mit ihrer Familie wieder an jenen Kärntner See gefahren, über dessen Wasser sie sich vor zwei Jahren hinaus geschwungen hatte, hinein ins gleißende Sonnenlicht.

Diesmal ließ sie ab von solchem Tun. ‚Das ist was für Kinder‘, dachte sie.

Dora mochte nicht mehr so gern mit ihren Eltern verreisen, schließlich war sie 16. ‚In ein oder zwei Jahren trampe ich nach Griechenland‘, beschloss sie. ‚Noch ist es zu früh.‘

Der Herbst 1963 war ungewöhnlich warm und sonnig. Bis plötzlich, im November, das Wetter kippte, Nebelschwaden die Sicht verstellten. Nur Umrisse konnte Dora noch erkennen, wenn sie die Hauptstraße hinaufsah.

Es war an einem Montag. Die Nebel hielten sich hartnäckig. Dora war auf der Fahrt in die Schule, als die Welt aus dem Gleichgewicht geriet, nicht nur für sie.

Sie stand in einem überfüllten Waggon der Stadtbahn, Sitzplatz gab es keinen für sie, und hielt sich an den ledernen Halteschlaufen fest. Vor ihr saß eine ältere Frau. ‚Dame‘ sagte Dora schon lange nicht mehr, das war ihr zu spießig. Die Frau las die erste Seite einer großformatigen Zeitung. Und da stand in Riesenlettern:
KENNEDY TOT!
Einfach KENNEDY TOT!
Dora wurde schwindlig, sie klammerte sich an den Haltegriff, wurde rot und blass zugleich. Fast hätte sie sich auf die Schulter der Leserin gestützt. Jetzt verstand sie die ungewöhnliche Stille in dem Stadtbahnwaggon. An anderen Tagen hörte sie so manches Geplauder zwischen Menschen, die einander kannten, die gemeinsam zur Arbeit fuhren. An anderen Tagen. Nicht aber heute.

Als Dora den Waggon verließ, in dem sie die Hiobsbotschaft gelesen hatte, waren ihre Knie aus Gummi. Die Welt war in Watte gepackt. Und was Dora an Geräuschen auffing, war gedämpft und beinahe unhörbar. Sie wurde zur Schlafwandlerin, ging langsam in ihre Klasse. An Unterricht war nicht zu denken an diesem 22. November, an dem ein tödlicher Schuss in Dallas Präsident Kennedy getroffen hatte. Einfach so. Oder nicht ‚einfach so'? Erschüttert und entsetzt, das waren die Mädchen alle. Die Welt war eine andere geworden, ein Gebäude zusammengebrochen. Zumindest für ihre unerfahrenen Herzen.

In den Wochen nach dem Attentat legte Dora sich eine Strategie zurecht, die es ihr ermöglichte, aus der wirklichen Welt auszusteigen, zu fliehen. Unbemerkt von anderen träumte sie sich durch die Welt.

Sie schaute durch eine regennasse Fensterscheibe, das Wasser schlug gegen das Glas. Und sie sah in den Mustern auf der Scheibe Gnome, Elfen, Gespenster und Gesichter. Manchmal böse, manchmal liebevolle Gesichter.

Wenn die Sonne sich in einer Lache am Boden spiegelte, warf sie einen winzigen Stein in das trägglatte Nass und schon bildeten sich konzentrische Wellen, die nach außen wanderten. Schnell war alles vorbei.

An kalten, dunklen Abenden bestaunte sie die regenbogenfarbenen Nebelkreise um die Straßenlaternen. Es war ein Beugungsphänomen, glaubte sie zumindest. Sie hatte in Physik manchmal vor sich hingeträumt, aber mitunter auch gut aufgepasst.

Was sie besonders gerne tat, war, die Welt im Spiegel zu betrachten. Sie spiegelte ihr Zimmer mit einem großen Wandspiegel. Den Raum sah sie sich dann seitenverkehrt an. Es wurde ein ganz anderer Raum, der sie überraschte. Sie sah die Gegenstände, die Möbel, die Fenster in einem neuen Licht. Eine fremde, neue Umgebung zauberte sich Dora damit herbei. Sie sah Fremdes im Alten, das war erstaunlich. Ungewöhnlich.

Vielleicht war all das eine Flucht aus der Routine, aus dem täglichen Einerlei. Morgens aufstehen, in die Schule fahren, den

Lehrerinnen zuhören, mittags mit Freundinnen tratschen. Am Nachmittag wieder heimfahren, Aufgaben machen, lernen für die Physikprüfung. Irgendwann mit Mutter reden. Belangloses. Dann kurz lesen, dann Zähne putzen, dann schlafen.

Der Globus drehte sich unbeeindruckt weiter. Es war immer das Gleiche, immer das Gleiche. Nur ohne J. F. Kennedy.

JONATHAN

Dora war 18,
als sie zur Kostbarkeit wurde.

Es war an einer Felsenküste in Istrien. 18 war sie, und schön.
Ja, mit 18, da ist noch alles offen, nichts entschieden, nichts ge-
schieden, nichts vorbei. Männer drehten sich auf der Straße nach
ihr um, und wenn sie einen Raum betrat, dann trat sie auf wie
in einem Bühnenstück von Shakespeare.

Die Matura hatte sie gut bestanden. Sie war nun reif.

Ja, in Istrien war es, im Sommer nach ihrer Reifeprüfung. Dora
zeigte ihren Körper gern, mit wenig oder nichts verhüllt. Und
einer sah sie, ,erkannte‘ sie. Sie würde nie erfahren, wer er war, er
hätte ihr Vater sein können. Er beobachtete sie, jeden Tag, wenn
sie über die Klippen hinunter zum Meer stieg. Und sie wusste,
dass er sie beobachtete. Engländer war er. Das war das Einzige,
was sie wusste. Sie taufte ihn Jonathan. Nur für sie allein hieß er
so. Ein Name wie der der ,Möwe Jonathan‘, nur dass <u>sie</u>, Dora,
es war, die flog. Hoch hinauf flog sie, unter seinen Augen. Aber
vielleicht flog auch <u>er</u>?
Wenn sie abends noch einmal zum Wasser ging, saß er schon da
und wartete auf sie. Er betrachtete sie wie ein Gemälde von Bot-
ticelli, sah ihr zu beim Schwimmen, beim Abtrocknen. Und sie,
Dora, wurde dabei zu Aphrodite.
Er sah sie an wie ein kostbares, zerbrechliches Geschenk, be-
hutsam, berührungslos. Aber sie, Dora, war noch nie so berührt
worden. Sie fühlte sich wie ein Diamant, und seine Augen fass-
ten sie in Gold.
Nie wechselten sie ein Wort. Es war eine Liebe ohne Angreifen
und ohne Angriff. Es war ein großes Wunder.

Nach zwei Wochen reiste er ab. Mit seiner Frau aus Oxford, London oder sonst woher. Er war weg. Und Dora bekam wieder ihr normales Erdengewicht.

Sie war nicht traurig darüber, dass er weg war. Sie war glücklich über diese Liebe. Er war ein Mann um die 45 gewesen. Ein Mann, der ihr nahegekommen war. Sehr nahe.

Dora verstand, dass sie erwachsen geworden war, auch durch Jonathan. Sie wollte ab nun allein den Weg finden, der für sie der beste war, der vielleicht ein wenig steil, aber auch voller Blumen und Gräser war. Sie war überzeugt, dass es ihn gab, diesen Weg für sie.

DER GRIFF NACH DEN STERNEN

Dora war fast 19,
als sie sich entschloss.

Sie wohnte noch bei ihren Eltern. Die Wohnung war groß genug, und ein eigener Eingang ermöglichte ihr ein unabhängiges Leben.

Dora hatte bei ihrer Schwester, die schon woanders wohnte, durch Zufall einen musikalischen Diamanten gehört. Kostbar, wie sie sich bei Jonathan gefühlt hatte, war diese Musik für sie. Gustav Holst, ,Die Planeten'. Der ,Mars' war der aufregendste Teil der Komposition. Sie hörte Angriffslust und Leidenschaft heraus.
Diese Planeten aus Tönen gaben ihr den endgültigen Impuls. Schon als Kind hatte sie die Planetenreihenfolge gewusst, hatte sie alle aufzählen können. Merkur, Venus, Erde, Mars, Jupiter, Saturn, Uranus, Neptun, Pluto. Dass Pluto viele Jahre später aus der Reihe der Planeten ausgeschlossen werden würde, konnte Dora nicht ahnen. Sie hatte schon in ihrer Kindheit die Beschäftigung mit den Sternen geliebt. Besonders, wenn sie für drei Minuten alleingelassen worden war, hatte sie schnell an die Sonne und die neun Planeten um sie herum gedacht. Wohl gegen die Angst des Alleinseins in der leeren Wohnung.

Heute wusste sie – nicht zuletzt wegen der Musik, die sie bei Terese gehört hatte –, dass Astronomie ihr Weg war.
Vielleicht wollte Dora mit diesem Männerstudium auch dem verpatzten Buben aus ihrer Kindheit Tribut zollen, wer weiß.
Mit der Beschäftigung mit den Sternen wartete ein Abenteuer auf sie, ein reizvolles Abenteuer. Vorbei waren ihre Ideen vom Schauspiel, vom Studium der Sprachwissenschaften. Schauspiel? Sprache? Die beiden würden wohl ihre Hobbys bleiben.

‚Die Astronomie wird mich in eine zauberhafte Welt führen, das weiß ich‘, dachte Dora.
Ihr Entschluss stand fest.

Im Oktober schrieb sie sich an der Uni für das Fach ‚Astronomie und Kosmologie‘ ein. ‚Für den Anfang sind drei Vorlesungen genug‘, dachte sie, aber bald würde sie noch eine und noch eine und noch eine Vorlesung belegen. Sie wird nicht genug bekommen von dieser Himmelsphysik.

Merkur:
innerster Planet, übersät mit Kratern, exzentrische Ellipsenbahn.

Für Politik interessierte Dora sich kaum. Dass auf den Straßen der Stadt Demonstrationen gegen einen rechtsextremen Universitätsprofessor stattfanden, kümmerte sie wenig. Studenten, ehemalige Widerstandskämpfer, Gewerkschafter waren auf der Straße und zeigten lautstark, dass sie solch einen Mann nicht wollten. Dora dachte wie die Menschen, die da aufmarschierten, aber sie hielt sich heraus aus solchen Sachen. Dass es bei diesen Demonstrationen einen Toten gegeben hatte, wusste Dora nicht.

Venus:
Zweiter Planet, zu 80 % mit Lava und Vulkanen bedeckt, Atmosphäre aus 96 % CO_2, dichte Wolkendecke.

Dora verschloss nicht die Augen vor der Welt. Nein. Sie hatte sie für gewisse Dinge gar nicht erst geöffnet.
Sie lernte, dass es Neutrinos gab, die alles durchdringen. Und dass es Elektronen und Positronen gab, die einander vernichteten. Und dass es Quarks in den Farben Rot, Grün, Blau gab. Und dass die relativistische Zeitdehnung die Zeit ins Schwanken brachte,

während in Prag der politische Frühling von russischen Panzern niedergewalzt wurde. Sie erfuhr davon, ja, und sie erinnerte sich, schon ein Mal vom Niederwalzen gehört zu haben. Damals, in Ungarn. Sie war ein Kind von neun Jahren gewesen.

Erde:
dritter Planet, ein Mond, zu 80 % von Ozeanen bedeckt, Lufthülle aus 80 % Stickstoff und 20 % Sauerstoff.

Dora lernte von Schwarzen Löchern und Neutronensternen, vom ‚Urknall‘, dem Anfang von allem, dem Tag ohne gestern,

> während die Leute, die Jahrzehnte später auf ihren Posten hocken und mit der Pension liebäugeln werden, auf die Straße gingen und eine freiere, offenere Gesellschaft forderten. Und freie Liebe. Und Selbstverwirklichung. Man wird sie die ‚68er‘ nennen.

Mars:
vierter Planet, zwei Monde (Phobos – die Angst; Deimos – das Grauen).

Dora lernte von der konstanten Lichtgeschwindigkeit, vom Lichtäther und vom Michelson-Morley-Versuch,

> während in Amerika die Hippies mit ihrer ‚Flower Power‘ die Politik verunsicherten, den Vietnamkrieg verfluchten und sich in Woodstock selbst feierten. Dass Sexualität Folgen haben könnte, auch wenn frau das nicht wollte, diese Zeit war vorbei.
> Dass es nun die Pille gab, fand Dora gut, aber sie hatte nichts damit zu tun, noch nicht.

Jupiter:
fünfter und größter Planet, starkes Magnetfeld, großer roter Fleck, mindestens 79 Monde (aber das wusste Dora noch nicht).

Im Jahr von Woodstock waren zwei amerikanische Männer auf dem Mond – wie erwartet – niemand anderem begegnet außer sich selbst. Neil Armstrong hatte einen kleinen Schritt getan. Einen großen für die Menschheit. Welche Menschheit? Es gab Leute, die sich fragten ‚Und was ist mit den Verdammten dieser Erde? Wollen die auch zum Mond?'

Dora hatte dieser Ausflug zum ehrwürdigen Mond interessiert, und sie sah sich selbst schon als Zeitreisende durch die kosmischen Sphären schweben.

Saturn:
sechster Planet, großes Ringsystem, mindestens 82 Monde (aber das wird man erst später wissen).

Uranus:
siebter Planet, ein Meer von überhitztem Wasser unter der H_2-Atmosphäre, kleiner Kern aus Stein und Eisen, mindestens 27 Monde (aber das wusste Dora noch nicht).

1970 gründete ein gewisser Otto Mühl eine Kommune, in der es weder Zweierbeziehungen noch Kleinfamilien gab. Es war eine erschreckende Diktatur. Viele Jahre später würde Mühl wegen Kindesmissbrauchs verurteilt werden. Das wusste man damals nicht.

Von all dem erfuhr Dora, aber sie dachte nicht weiter darüber nach. Eine Wand hatte sich aufgebaut zwischen ihr und der Welt. Oder hatte sie selbst diese Wand errichtet?

Neptun:
achter Planet, gewaltige Stürme, riesige Eiswüsten, mindestens 14 Monde (aber das wird man erst später wissen).

Pluto:
neunter Planet, sehr exzentrische Bahn um die Sonne (später wird
Pluto zum Zwergplaneten degradiert werden, aber das wusste
Dora noch nicht).

Der Himmel war komplett. Die Erde nicht.

PIERRE

Dora war 21,
als sie Pierre traf.

Er kam in Doras drittem Studienjahr.

Es dauerte nicht lange, und sie saßen stundenlang in Cafés, sprachen über Musik, über Bücher und über die Welt im Allgemei-
nen und im Besonderen. Pierres Vater war Franzose, darum der
Name. Pierre passte zu Dora. Politik und ‚Flower Power‘ waren zwar in beider Köpfen, aber im hintersten Winkel. Es war
ihnen fremd, sich bei Demonstrationen zu engagieren. Traum-
tänzer waren sie, schwebend über den Niederungen des Weltge-
schehens, abgehoben vom Erdboden, fliegend über dem Globus.

Pierre vertiefte sich mit großer Ernsthaftigkeit in sein Musikstu-
dium, nebenbei gab er Klavierunterricht.
Immer wieder spielte er auf seinem alten Pianino Schubert und
Chopin für Dora. Auch Debussy, ihren Lieblingskomponisten,
aus einer Zeit, in der sie noch selbst in die Tasten gegriffen hatte.
Pierre kannte erstaunlich viele musikalische Werke, und er spielte
außer Klavier auch sehr gut Gitarre und ein wenig Geige. Dora
beeindruckte diese Vielfalt. Sie liebte Musik, und als Pierre ihr
eine Schallplatte mit Strawinskys ‚Sacre du Printemps‘ schenkte, stieg in Dora die Erinnerung an Olympia hoch, die Freundin
aus einer Zeit vor vielen Jahren. Und auch ihre Musiklehrerin
aus Jugendtagen sah sie plötzlich vor sich. Dora hatte sie so geliebt. Die kleine, etwas schüchterne Lehrerin hatte versucht, ihr
und ihren Klassenkolleginnen Strawinsky im Unterricht näher
zu bringen. Was ihr nur bei Dora gelungen war.
Ja, Olympia. Dora wusste inzwischen längst, dass im Olymp die
Götter hausten, aber vielleicht wohnten die ja auch in Zwischenwelten. Das sagte zumindest Epikur. Die Idee gefiel Dora. ‚Göt-

ter in Zwischenwelten. Wo waren sie, diese Welten?' Es klang nach Paralleluniversen, deren Existenz für manche Astrophysiker absolut sicher war. Auch für Dora.

Die Küsse mit Pierre waren ganz anders, als es der eine Überrumplungskuss mit 13 gewesen war. Und die Liebe war auch anders als in dem Buch ‚Bub und Mädel', empfohlen von der Mutter, als Dora elf war. Der Sex mit Pierre war schmelzend, sanft, weich. Nicht so aufdringlich und technisch wie in jenem Aufklärungsbuch für Erwachsene, das sie damals heimlich gelesen hatte. Geschlechtsverkehr – ein erschreckendes, unpassendes Wort. Sie beide, Dora und Pierre, übten das Lieben ja erst, und es war ein vergnügliches Üben. Sie achteten auf doppelte Empfängnisverhütung – Tabletten in der Scheide und Kondome, die sie sich in der Apotheke kaum zu kaufen wagten
Sie mochte es, wenn er in ihr kam und ihr danach mit seiner Zunge lustvolle Himmelshöhen schenkte. Das hatten bisher nur ihre Sterne vermocht. ‚Le petit mort' nannten die Franzosen den Höhepunkt einer Vereinigung, und Dora fand die Bezeichnung treffend. ‚Der kleine Tod' als Himmelsleiter.
Nach dem Liebesakt spielte Pierre oft Gitarre, meist Barockmusik. Und sie aß mit Genuss eine große Tafel Schokolade, während sie lauschte.
Manchmal hörten sie Jazz miteinander. Art Farmer, Thelonious Monk. Da waren sie wieder, die Erinnerungen an Olympia.

Was beide mochten, war, ein Puzzle zusammenzusetzen. Das Bild einer Geige, eines Hundes, einer Orchidee. Sie liebten es, geduldig nach den richtigen Kleinteilen zu suchen. In Doras Erinnerungen tauchten die Mosaiksteine ihrer Kindheit auf. Bei Oma. Es war wie Puzzle gewesen. Als sie damals die blassfarbenen Steine zu Figuren geformt hatte, hatte sie noch nichts von Pierre und dem Puzzlespiel mit ihm geahnt.
Einmal spielte er auf seiner Gitarre den Solopart des ‚Concierto de Aranjuez', und sofort war Dora gefangen von diesen Rhythmen. Bald danach hörten Pierre und sie dieses Konzert auf einer

Schallplatte, und Dora beschloss, diese Musik von Rodrigo in die Liste ihrer Lieblingsmusiken aufzunehmen. ‚Sacre du Printemps‘, ‚Die Planeten‘ und das ‚Concierto de Aranjuez‘ waren da nun vertreten. Auch ‚Give peace a chance‘ von den Beatles gehörte unbedingt dazu. Auch wenn Dora an der 68er-Bewegung nicht aktiv teilnahm, die Beatles mochte sie allemal.
Dank Pierre würde sie diese musikalischen Kostbarkeiten für immer in ihrem Kopf und auch ihrem Körper aufbewahren.

Dora ahnte nicht, dass Pierre sich in einigen Jahren, Äonen nach ihrer gemeinsamen Zeit, erschießen würde. Der Pistolenschuss wird tiefrote Flecken und Rinnsale auf der Wand hinterlassen. Ein abruptes Ende. ‚Seine Seele war zu weich, zu zerbrechlich für Arbeit, Konkurrenz, Selbstbehauptung, eben fürs Leben‘, wird Dora denken. Alkohol, Tabletten, und letztendlich ein Schuss werden die Schlusstöne seines Lebens sein. In einer Zeit, die jetzt noch fern von Dora war, würde Pierre tot sein. ‚Viel zu früh‘, werden die Leute sagen. Manche werden weinen.

Dora erforschte mit Begeisterung weiter ihren Kosmos. Pierre wurde zum Sprungbrett dieser Begeisterung. Er liebte sie. Liebte sie ihn?

Nach einem Jahr schlich sich ein Misston in ihre Beziehung. Dieser Misston wurde im Lauf der Wochen immer lauter und lauter. Wie ein Crescendo in Pierres Klavierstücken verstärkte sich dieser Ton. Dora wurde es langsam zu eng. Pierre rückte ihr zu nahe. Sie bekam keine Luft mehr.
‚Ein Neutronenstern entsteht‘, dachte sie, ‚wenn die Zwischenräume zwischen Atomkernen und den kreisenden Elektronen verschwinden und sich so daraus Neutronen bilden.‘ Dora kam sich vor wie ein Elektron, das in einem gewissen Abstand um den Kern, um Pierre, kreiste. Der Zwischenraum zwischen ihr und Pierre drohte zu verschwinden, der Abstand zu schrumpfen. Sie würden verschmelzen und sich als Einzelwesen auflösen, befürchtete Dora. Bald würden sie beide in viel zu fester Umar-

mung zu einem Neutron werden. Elektron und Atomkern wären nicht mehr da, ein einziger Klumpen ohne Kontakt nach außen würden sie werden.

All das spürte Dora. Sie wollte nicht völlig eins werden mit Pierre, sich nicht auflösen. Sie wollte nicht kleben bleiben an ihm, wollte kein amorpher Klumpen werden. Nein.

Pierre verstand ihre Bedenken. Er hatte sie zu sehr an sich gebunden. Sie waren eine verschmolzene Einheit geworden. Ihre Einzelexistenzen drohten unterzugehen.

Die Liebe war nicht mehr zu retten. Wenn es denn noch Liebe war …

Sie trennten sich in Frieden, um allein wieder sie selbst zu werden. Dora war traurig, aber erleichtert, und Pierre zog in eine andere Stadt. Ein neues Leben.

WIE EIN REGENBOGEN

Dora war 25,
als sie begann auszuschweifen.

Sie hatte ihr Studium gut abgeschlossen. Arbeit hatte sie im astrophysikalischen Institut gefunden, das hatte sie schon lange gewollt. Pierre war nicht mehr da, die Abende und die Wochenenden gehörten ihr. Ihr allein.

Dora wohnte nicht mehr bei ihren Eltern. Sie hatte eine kleine Garconniere in einem alten Haus beim Penzinger Friedhof gemietet. Ihre Mutter hatte gemeint, dieser Schritt wäre doch nicht notwendig. Ihr Vater sagte nichts.

Die Arbeit am Institut gefiel ihr. Da sie seit der Trennung von Pierre offener und mutiger geworden war, traute man ihr komplexere Aufgaben zu. Sie sollte die Kommunikation zwischen den einzelnen Arbeitsgruppen verbessern helfen, systematisches Arbeiten von den Kollegen einfordern, in der dem Institut angeschlossene Sternwarte nach dem Rechten sehen. Sie selbst hatte sich als Spezialarbeitsgebiet die Saturnringe ausgesucht. Als Kind war Mutter mit ihr einmal zu einer Sternwarte am Rand der Stadt gefahren, und in dem riesigen Fernrohr hatte sie deutlich die Ringe des sechsten Planeten gesehen und bewundert. Von diesem Zeitpunkt an hatte sie den Saturn, die Sterne, die Planeten, den Himmel geliebt. Ja, von diesem Zeitpunkt an. Das erkannte sie heute.

Dora begann, sich für das Geschehen um sie herum zu interessieren. Sie bekam mit, dass die Studenten sich schon seit einiger Zeit laut bemerkbar machten und mehr Freiheit an den Unis und in der Gesellschaft forderten. Dora wollte sich aber nicht engagieren für diese Anliegen, wenn sie sie auch verstand. Die Moden und Gepflogenheiten der so genannten Hippies machte sie aber gerne mit. Dora genoss es, in Blumenjeans mit ausgestellten Hosenbeinen, ohne BH und barfuß durch die Innenstadt zu gehen. Sie ging nicht, sie schwebte im Rampenlicht. Die älteren Leute schauten sie mit einer Mischung aus Missbilligung und Neugier an, viele junge Menschen sahen ähnlich aus wie sie. Langes Haar, Stirnband, kein BH, Jeansjacke mit nichts darunter, barfuß. Wie sie. Natürlich musste sie abends ihre Füße gründlich schrubben, aber das machte Dora nichts aus.

Sie hatte die äußeren Merkmale der sanften Rebellion angenommen, die Substanz aber fehlte ihr.

Sie liebte es, wenn die Männer sich nach ihr umdrehten, nach der jungen Frau, die glitzernd, ein wenig schrill und lebendig war. Die gut aussah, gut gebaut war, Mut hatte und sich nicht kümmerte um Etikette.

Ihre Arbeit machte sie nach wie vor gern. Sie blieb genau und verlässlich.

An den Wochenenden aber war sie verrückt. Immer wieder traf sie in den Straßen der Stadt auf Gleichgesinnte. Man hörte zusammen Leonard Cohen, die Beatles, André Heller. Strawinsky, Holst und Rodrigo, aber auch Debussy und Chopin hatte sie nicht vergessen, aber verschoben. Man sprach über die Frauenbewegung, den Feminismus, über Simone de Beauvoir und Sartre. ‚Eine Frau ohne Mann ist wie ein Fisch ohne Fahrrad‘, ‚Als Gott den Mann schuf, übte sie nur‘, ja, das waren ihre Sprüche. Und wenn schon ein Mann, dann ohne Treuezwang. Sie alle, die sie da laut und aggressiv die offene Ehe propagierten, merkten nicht, wie sehr sie sich manchmal gegenseitig verletzten. Sie waren wie trunkene Fische in einem Aquarium, die glauben, das Wasser um sie herum sei die Welt. Sie waren Kinder der Zeit und würden es auch für immer bleiben. Heiraten war eine Tradition des Spießbürgertums und die Pille ein Muss für Dora. Sie alle waren nach außen lautstark in ihren Forderungen, aber empfindsam im Innern.

Natürlich gab es ab und zu auch einen Joint zu rauchen. Die Welt wurde damit bunt wie ein Regenbogen, wie ein Flug über den Kilimandscharo. Alles war leicht und unkompliziert. Der Joint versetzte sie und die anderen in ein blaues, glänzendes Firmament. Und sie waren die Sterne darin.

Dora wollte einfach lebendig sein, lebendig bis zum Exzess, sich spüren. Ihr gefiel das alles. Sie war mit ihrem Beruf gut abgesichert, verdiente genug und konnte daher sorglos im Hier und Jetzt leben. Sie tat das mit aller ihr möglichen Intensität, viele Jahre lang.

Mit wem sie schlief, bestimmte sie allein. Der Sex mit den Männern war oft traumhaft, manchmal gut, und manchmal unnötig und ekelhaft. Sie war frei, das war wichtig. Frei, glücklich und gegen den Vietnamkrieg. Vielleicht weil alle um sie herum frei, glücklich und gegen den Vietnamkrieg waren?

Was würde aus diesem bunten Leben werden? Was wartete auf sie?

Mitunter träumte Dora, immer den gleichen Traum: Sie sah eine riesige weiße Seerose, die auf einem See von Blut schwamm, das nach Vietnam roch. Der Stempel in der Mitte der Blüte war eine schwarze Handgranate. Es war Krieg. Ein einziges Mal fand der Traum eine Fortsetzung. Sie, Dora, schlug mit der Faust auf die Handgranate, und die zermatschte wie eine Schokoladentorte. In alten Filmen mit Stan Laurel oder Charlie Chaplin schmissen Leute mit solchen Torten.

Manchmal weinte sie nachts. Manchmal. Aber am Morgen war sie ein einziges Lachen, vielleicht ein zu schrilles Lachen.

INDIEN

Dora war 30,
als sie in ein brennendes Märchenbuch flog.

Dora, ihre Schwester Terese und deren Freund Max hatten beschlossen, nach Indien zu fliegen. Sie waren bei reichen Leuten eingeladen. Bei sehr reichen. Kiran, ein höflicher, vermögender Inder, hatte Anna, eine frühere Freundin von Max, geheiratet, und seitdem lebten die beiden in Indien. In unvorstellbarem Luxus.

Dora hatte längst Blumenjeans und Stirnband abgelegt und trug jetzt elegante Hosen, taillierte Seidenblusen, Schuhe mit Absatz. Da kam ihr Indien gerade recht. Sie hatte Lust auf eine andere Welt als die der Seidenblusen.

Sie verließen Anfang Jänner das kalte und nebelverhangene Amsterdam und flogen hinein in die Hitze Bombays, in einen grausam kobaltblauen Himmel ohne Wolken. Sie landeten im Märchenland der Steinreichen, in Indien.
Schon in Bombay sah Dora die Gestalten, die am Straßenrand lungerten. Ausgemergelt und zu schwach für Rebellion, sogar zu müde für Verzweiflung. Es waren auch Tote dabei. Dora sah sie, aber sie schaute sofort wieder weg. Sie wollte nicht sehen. Märchenland sollte Märchenland bleiben.
Nach zwei Tagen in Bombay, mit schmackhaft scharfem Essen und mit Dienerschaft, fuhren sie mit einem von Kirans Wagen in den Süden. Goa war das Ziel. Mit einem amerikanischen Straßenkreuzer fuhren sie los, einem Straßenkreuzer voller Chrom, behäbig wie ein Schlachtschiff. An den Tankstellen, an denen sie hielten, umringten sie augenblicklich zehn indische Kinder. Sie bettelten um einen Dollar, auch um Kaugummi. Dora dachte an die Chewing Gums der amerikanischen Besatzer im Nachkriegs-Wien, die die Yankees in der von ihnen besetzten Zone gern an

Kinder verteilten. Doras Familie hatte in der russischen Zone gelebt. Jetzt aber war sie in Indien, weit weg vom Krieg, und doch bettelten Kinder um Chewing Gums. Am liebsten wollten sie Bonbons oder Kaugummis, diese Kinder, am zweitliebsten Dollarscheine, die sie sofort in ihre ausgefransten Hosentaschen steckten. Sie waren verrotzt, dreckig, zerrissen, mit dünnen Armen und Beinen, mit riesengroßen Augen, die trotzdem lachten, und sie waren barfuß. Aber nicht so barfuß wie Dora bei ihren einstigen Hippy-Ausflügen durch die Wiener Innenstadt. Die Kinder hier waren anders barfuß, ganz anders.

In Goa, dem Ziel der Reise, erwartete sie, etwas abgeschieden, eine Villa mit goldenen Stiegengeländern und gekühlten Räumen, ein Märchenschloss. In dieser Villa wohnten sie alle. Dora, Terese, Max, Kiran, Anna. Und wenn sie Lust auf Abenteuer hatten, verließen sie die Villa und gingen in den Ort.

Auf dem Hauptplatz von Mahuschewa gab es Schlangenbeschwörer, Männer, die Tauben und weiße Kaninchen hervorzauberten, Künstler mit Frettchen, die taten, was ihr Herr ihnen befahl. Am Ende der Vorstellung auf dem sandig staubigen Hauptplatz waren die Frettchen tot. Fünfzig Meter weiter erwachten sie wieder zum Leben und begannen den gleichen Dompteureinakter von neuem.

Dora schlief mit Max, ein einziges Mal. Es hatte für sie kaum Bedeutung und war ein Rückfall in ihre Blumenzeit.

Sie suhlte sich gerade faul am weißblendenden Strand von Mahuschewa, als Max Terese bei einem Spaziergang seine Untreue gestand. Terese setzte sich daraufhin in den Schatten der Palmen, sprach eine Stunde lang kein Wort. Dann stand sie auf und umarmte beide, Dora und Max.

Terese bewunderte die Schwester. So viel Großzügigkeit hatte sie ihr nicht zugetraut.

Am nächsten Abend wartete eine zauberhafte Überraschung auf sie. Die Diener hatten ein Festmahl auf einer Lichtung im Wald vorbereitet, in einem Wald, der Kiran gehörte. Auf ovalen silbernen Tabletts brachten sie Fleisch, Gemüse, schwarzen und weißen Reis, Joghurt mit Kräutern, exotische Obstsorten und köstliche Säfte. Besteck gab es nur für die Europäer, aber alle – Gastgeber, Gäste und die etwas abseits sitzenden Diener – aßen mit den Fingern. Schließlich war man in Indien.

Fackeln beleuchteten die Lichtung, auf dem Boden waren Decken ausgebreitet. Man sprach leise in dieser warmen Mondnacht. Dora fing an zu glauben, dass dies alles ein Traum war, ein Traum voller Farben und Lichter.

Spät abends kehrten sie in die Villa zurück. Dora schlief fest und traumlos in dieser Nacht.

Auch Terese fand Schlaf. Max war bei ihr.

Nach zehn heißen, erlebnisreichen Tagen packten sie ihre Koffer. Sie mussten zurück ins kalte Europa. Der Traum war vorbei. Auf dem Weg mit dem Taxi zum Flugplatz gab es großen Stau. Dora stieg aus dem glühendheißen Auto aus und lief zum schattigen Straßenrand auf der anderen Seite der breiten, asphaltierten Straße. Hunderte lagerten dort im Staub, ohne Essen, ohne Obdach. Dora ging ein paar Meter den Straßenrand entlang. Da waren Menschen mit blinden Augen, Kinder mit aufgeblähten Bäuchen, schwangere Frauen, die ins Leere starrten, und alle, alle hatten sie keine Schuhe. Ein alter Mann saß da, ohne Schuhe wie die anderen. Er brauchte keine, er hatte keine Füße. Dora schaute ihm kurz in die rot geäderten Augen. Für längeres Ansehen hatte sie nicht den Mut. Der Mann hob Dora den dünnen Arm und die staubige Hand entgegen, die Bettelhand. Wie eine Marionette, bei der jemand die Fäden nach oben zieht, bewegte er diese Hand, mechanisch, von oben gesteuert. Dora zückte einen 100 Dollar-Schein und reichte ihn mit hochrotem Kopf dem Alten. Der nahm erstaunt das viele Geld, wollte es ihr wieder zurückgeben, doch sie wehrte ab. Der Mann verstand und lachte sie aus zahnlosem Mund an. Ein Wunder war ihm zuteil geworden. Ein großes Wunder.

Dora hatte sich ein wenig freigekauft.

Auf dem Flug zurück nach Wien, Zwischenlandung in Teheran, sprach Dora nicht. In ihrem Kopf kehrte sie die Überreste dieser Reise mit dem Besen ihrer Erinnerung zusammen.

Dieses Land, aus dem sie jetzt wieder zurückflog in ihre warme Bequemlichkeit, hatte zwei Gesichter. Zwei Indien hatte sie gesehen, die übereinander und nebeneinander lebten. Das eine, das hoffnungslose, mit Rissen und Spalten wie im Asphalt von San Francisco beim großen Beben. Das andere voller beschämendem Überfluss. Sie hatte in diamantenen, glitzernden Reichtum lachend eintauchen dürfen. Das andere, das schmerzende Indien voller offener Wunden, hatte sie kaum gesehen, aber diese hoffnungslose Welt erschreckte sie. Sie fühlte Schuld. Und sie konnte sich auch nicht mit einem 100-Dollarschein von dieser Schuld befreien.

Indien war für sie, Dora, wie ein sagenhaftes, phantastisches Märchenbuch, das gerade verbrannte. Ein Märchenbuch, das auf einem riesigen Scheiterhaufen den Flammen ausgeliefert war. Und der Rauch, der dabei entstand, der Rauch der Armut, verdeckte den Blick auf das sagenhafte, reiche Indien. Sie schämte sich, in diesem Märchenbuch gelebt zu haben. Und sie schämte sich für das behagliche Leben, das sie alle daheim hatten, und das sie schützte vor der zerrissenen Wirklichkeit.

Nach der Reise trennte sich Terese von Max. Max & Terese, die gab es nicht mehr.

Und Dora ging nie wieder barfuß. Nie wieder.

ZEITVERTREIB

Dora war Mitte 30,
als das Leben angenehm plätscherte.

In den Jahren nach der Indienreise hatte sie das Auto und die
Wohnung gewechselt. Sie wohnte jetzt groß und hell.
Nach Blumenglockenhosen und taillierten Seidenblusen hatte sie ihren eigenen Stil gefunden, einen dezenten, lässigen Stil.
Dora arbeitete nur vier Tage die Woche, das brachte genug Geld
ein. Und ihrem Interesse an Himmelsmechanik und kosmischen
Ereignissen tat das keinen Abbruch.
Man hatte Dora schon vor ein paar Jahren angeboten, Führungen durch das astrophysikalische Institut zu übernehmen. Dieses Angebot hatte sie gern angenommen und führte nun schon
seit langem kleine, interessierte Gruppen durch das Gebäude
und die angeschlossene Sternwarte. Sie war in der letzten Zeit
herzlicher und freundlicher zu den Menschen geworden. Das
Klima in den Arbeitsgruppen war entspannter, seit sie selbst
entspannter war.

Mit Lisa, der blutig verletzten Kusine aus Kindertagen, war eine
gute, vertrauensvolle Beziehung entstanden. Das letzte Mal hatten sie sich gesehen, als während der Idylle eines Kärntner Seeur-
laubs die Berliner Mauer in unüberwindbare Höhen gebaut worden war. Deutschland war wie ein Stück Holz gespalten worden.
Diese Mauer stand heute noch, 25 Jahre danach, und die Wunde, die sie gerissen hatte, war nicht verheilt.
Lisa war damals, nach dem Urlaub in Kärnten, mit ihren Eltern
nach Salzburg gezogen. Jetzt war sie als erwachsene Frau zu-
rückgekehrt. Sie arbeitete als Prokuristin in einer großen Firma.
Eine Arbeit, die Dora so gar nicht interessierte. Trotzdem waren
sie gute Freundinnen geworden. Lisa und Dora. Dora und Lisa.

Männer waren in Doras Leben weit weggerückt. Sie lebten als blasse, verschwommene Schemen mit einem gewissen Abstand um sie herum.

Dora kümmerte das nicht. Sie fühlte sich wohl in ihrer Haut, obwohl sie allein lebte. Oder womöglich gerade deshalb?

In den letzten Jahren hatte Dora sehr vieles ausprobiert. Sie hatte Motorradfahren, Schlagzeug spielen, Drachenfliegen gelernt. Ein Tandemflug des Fluglehrers mit einem blinden jungen Mann hatte sie beeindruckt. ‚Was empfindet der Bursche, wenn er über Hügel und Häuser fliegt, ohne sie zu sehen? Ist es der Wind im Gesicht, der ihm die Höhe verrät? Oder ist es das Rauschen des Stoffs, des Gestänges, der Seile und Rohre, das ihm so manches mitteilt, was wir Sehende nicht hören?‘, hatte Dora überlegt. Sie hatte beschlossen, selbst das Fliegen zu lernen, selbst herauszufinden, wie es war, über der Welt zu schweben. Der Balkon aus ihrer Kindheit drängte sich in ihre Gedanken. Und das hellgrüne Rüschenkleid, mit dem sie damals so gerne hatte fliegen wollen.

Dora lernte es schnell, das Fliegen. Es war eine unbeschreibliche Sache.

Der Start. Blick nach oben zur Drachennase, ein paar Sekunden Ruhe. Dann das Rennen ohne Vorbehalt, ohne Möglichkeit, den Start abzubrechen. Wie der Flug am Seil unter dem Kärntner Nussbaum damals. Dann das Abheben. Der Flug.

Und die Landung. Das Flügelrütteln, den Wind noch in den Armen, die ersten schweren Schritte am Boden. Die Augen voll Himmel, die Wangen, die die Luft von oben noch spüren. Leben ohne Vorbehalt. Es war aufregend.

Irgendwann hatte sie genug von dieser Aufregung und hatte aufgehört zu fliegen. Vergessen würde sie das Schweben zwischen Himmel und Erde aber nie.

Drachenfliegen, Motorradfahren, Schlagzeug spielen. Dora hatte geglaubt, sich damit aufwerten zu können. Es hatte funktioniert.

Heute brauchte sie das nicht mehr. Aber vielleicht war all das wieder einmal ein Weg gewesen, dem ‚verpatzten Buben' in ihr die Ehre zu erweisen.

In ihrer freien Zeit besuchte Dora Ausstellungen, Konzerte oder Theaterabende. Sie reiste viel. Mit dem Auto, mit dem Flugzeug. Nach Amsterdam, Kopenhagen, Helsinki, Stockholm. Sie mochte die sommerliche Hitze im Süden nicht. Auch Flusskreuzfahrten buchte sie. Sie liebte das Dahingleiten auf Rhein oder Donau. Manchmal dachte sie, all diese Aktivitäten wären wie ein warmer Mantel, der sich um ihre nackte, empfindliche Seele legte. ‚Was wäre ich ohne diesen Mantel?', fragte sie sich.

Die Welt, auf der sie nun einmal lebte, hatte sich weitergedreht. Ein paar Leute, die jeder gekannt hatte, weilten nicht mehr auf dieser wackligen Erde.
Ingeborg Bachmann war gestorben. An einer Zigarette, am Feuer, in einem Hotelzimmer. ‚Die Wahrheit ist den Menschen zumutbar', hatte sie gesagt. Dora fragte sich oft, ob das stimmte.
Ein paar Jahre später hatte sich ein neu erbautes, blitzblankes Atomkraftwerk in ein 1:1 Modell seiner selbst verwandelt, weil über die Hälfte der Österreicher das in einer Abstimmung verlangten. Atomkraft, nein danke. Auch Dora hatte dagegen gestimmt. Sie verstand zu viel von Kernphysik, um nicht skeptisch zu sein.
Als John Lennon erschossen wurde, in einem Park in New York, da hatte Dora voller Zorn alle ihre Beatles-Platten in den Müll geworfen. Wie hatte er ihr das antun können? Sie war beleidigt und zornig gewesen. Und sie hatte gedacht, John Lennon hätte das absichtlich mit sich geschehen lassen, nur um sie zu verletzen. Ganz sicher. Am nächsten Tag hatte sie die Platten wieder aus dem Müll gefischt. Gott sei Dank war die Müllabfuhr noch nicht da gewesen.

All das füllte Doras Leben jahrelang aus.
Zeit totschlagen?
Angenehmer Zeitvertreib?'
Sie wusste es nicht.

DER GAU

Dora war 39,
als sich ein Kraftwerk nicht an die Statistik hielt.

Etwas geschah. Am 26. April 1986.
Dora fuhr spät nachts um 1 Uhr von einem kleinen Fest im Freundeskreis nach Hause. Die Freunde wohnten etwas außerhalb der Stadt, Dora war fast allein auf der Straße. Sie hörte Autoradio, auf voller Lautstärke. Neil Diamond und Leonard Cohen, zwei ihrer Favoriten, sangen sich die Seele aus dem Leib und erreichten so die ihre. Dora war fast übermütig zufrieden.
Bis im Radio die Nachrichten kamen:
,Soeben erfahren wir, dass es im Atomkraftwerk Tschernobyl in der Ukraine einen ernsten Störfall gegeben hat. Die Bewohner der nahe gelegenen Stadt Prypjat mussten evakuiert werden. Im Block 4 des Kraftwerks ist ein Brand ausgebrochen. Näheres ist noch nicht bekannt.'

Dora blieb am Straßenrand stehen. Ihr Puls war hoch, enorm hoch. Auf Grund ihres Studiums wusste sie genug Bescheid, um bis in ihre Eingeweide zu erschrecken. Durch ihren ganzen Körper fraß sich diese Nachricht aus dem Radio. Sie wusste, dass das Kraftwerk Tschernobyl mit Graphit als Moderator arbeitete und dass eine Explosion dieses Graphit zum Brennen bringen konnte. Es würde zur Kernschmelze kommen, dessen war sie sich sicher. Dora befürchtete zu Recht einen enormen Ausstoß von radioaktiven Substanzen, vor allem Jod131 und Caesium137, beide Beta-Strahler. Schilddrüsenkrebs und Leukämie wären die Folge. Dora rettete sich in Sarkasmus. ,In Tschernobyl passiert also gerade, was laut Statistik nur alle 10.000 Jahre passiert. Aber dieses Atomkraftwerk, dieses eine, schert sich nicht um die Statistik. Es produziert gerade einen Supergau. Bravo UdSSR! Bravo Menschheit!'

Langsam fuhr sie nach Hause, wusste um die Wolke, die sie bald alle erreichen würde. Und was nützte ihr ganzes Wissen um diese Vorgänge? Was nützte das? Die radioaktive Wolke würde bald den halben Erdball bedecken. Auch die Berliner Mauer war nicht hoch genug gebaut worden, um diese drohende Wolke jetzt zu stoppen. Sie machte auch keinen Halt vor Landesgrenzen. All das wusste Dora, und sie hatte Angst. Angst vor den nächsten Tagen, den nächsten Wochen, den nächsten Jahren.

Sie träumte in dieser Nacht. Sie, Dora, führte gerade eine Gruppe durch das astrophysikalische Institut, als die Menschen, die ihr zuhörten, plötzlich dastanden wie Röntgenbilder. Auch wenn sie sich bewegten, sahen sie aus wie Gerippe. Eine helle Aura umgab jeden der Besucher, bis sich diese Aura zu einem Kugelblitz verdichtete, der auf Dora zuraste.

Dora schrie im Traum: ‚Baut so etwas nie wieder! Nie wieder!'

Aber keiner hörte sie.

Danach schlief sie ein. Ohne Traum, aber schweißnass.

VATER UND DIE MAUER

Dora war 42,
als der ‚vom Film‘ starb.

Es war im November 1989. Dora wusste um die Vorgänge an
der deutsch-deutschen Grenze. Natürlich. Alle waren gespannt,
aber keiner konnte abschätzen, was passieren würde.
Nach einigen Stunden geschah Unglaubliches. Ostdeutsche wie
auch Westdeutsche machten sich daran, die Berliner Mauer zu
zerstören und umzuhauen. Die Mauer ‚fiel‘ nicht, wie es später
alle sagen würden, sie wurde umgehauen. Umgehauen von Menschen, die genug Mut hatten und genug Verzweiflung spürten,
um dem Hexenspuk ein Ende zu bereiten. Viel Mut, viel Verzweiflung mussten es gewesen sein.
‚Jericho‘, dachte Dora, ‚and the walls came tumbling down.‘
Sie selbst war nicht dabei bei dieser denkwürdigen Demontage,
was sie fast bedauerte. Sie war viele hundert Kilometer entfernt
und ließ ihren Blick nicht von ihrem Fernsehapparat. ‚Endlich‘,
dachte sie, und hatte gleichzeitig Angst um die vielen Leute da
in Berlin, die vor nichts zurückschreckten und diese verdamm-
te Mauer niederrissen.
‚Ob das alles gut geht?‘, fragte sie sich. ‚Ob sich die Träume der
vielen Leute in Realität verwandeln lassen würden?‘
Sie war skeptisch und fürchtete die Ernüchterung nach der Euphorie.
Jedenfalls dauerte es nicht lange, bis alle spürten, dass die UdSSR
und mit ihr die DDR bald Geschichte sein würden.

Am nächsten Tag besuchte Dora mit ihrer Schwester Terese ihren todkranken Vater im Spital. Er war nicht mehr verwurzelt
im Diesseits, schwebte schon im Nirgendwo, und es würde nicht
mehr lange dauern bis zum Tod, zum Übergang. Teresa und Dora
hofften, dass er die Nachricht von der abgewrackten Mauer mit
Freude aufnehmen würde.

„Vater, die Mauer ist weg" Dora versuchte es mit klaren, kurzen Sätzen.

„Aha."

„Sonst sagst du nichts?", fragte Terese nach.

„Hast du die Paradeiser gekauft, damals beim Camping in Kärnten, Terese?"

Stille.

Die Töchter wagten keine Fragen und keine Antworten mehr.

Der Vater redete, ohne gefragt worden zu sein:

„Habt ihr auf unser Auto aufgepasst, ihr zwei? Das alte Wehrmachtsauto, das ich umgebaut hab. Pflegt ihr es auch genug? Womöglich brauchen wir es noch, zur Abwehr des Feindes, wisst ihr"

„Ja, Vater"

Ein letzter Versuch:

„Was sagst du zum Mauerfall, Vater? Stell dir vor, sie ist weg, die Mauer."

„Endlich. Es war zu erwarten. Solche Erdhügel und Grenzwälle halten eben nicht lang. Man muss das Ganze aus festerem Material bauen. Alles Pfuscher!" war alles, was er zur Lage sagte, und dann noch:

„Es ist Zeit, endlich Zeit."

Dann drehte er sich um, schwieg und schloss die Augen.

Die Krankenschwester war sich sicher, dass er keinen ganzen Tag mehr durchhalten würde.

„Es wird ihm drüben gut gehen", versuchte sie, die beiden Schwestern zu trösten, aber die brauchten keinen Trost. Und mit ‚drüben' wussten sie auch nichts anzufangen.

Sie blieben noch mehrere Stunden. Vater sagte nichts mehr. Er wirkte entspannt und hatte ein kleines Lächeln für seine Töchter. Um 1 Uhr nachts war es vorüber. Dora sah es sofort. Die Krankenschwester öffnete vorsichtig das Fenster, Dora und Terese wunderten sich.

„Warum das?", fragte Dora mit ein wenig schwacher Stimme.

„Die Seele Ihres Herrn Papa muss das Krankenzimmer verlassen und wegfliegen können. Wir halten bei Verstorbenen immer das

Fenster für zehn Minuten offen, das müsste genügen für den Abflug, auch bei Ihrem Vater, wissen Sie?"

Dora und Terese verließen das Spital schweigend. Sie würden sich jetzt um alles Nötige kümmern, das war klar. Vater war tot. Das klang seltsam und unwiderruflich.

„Vielleicht ist seine Seele ja tatsächlich weggeflogen."

„Da bin ich mir ganz sicher."

Doras Mutter, die beim Tod ihres Mannes eigentlich hätte dabei sein sollen, lebte in einem Pflegeheim. Zwei Jahre hatten Hilda Wallner und auch ihr Mann Fritz gemeinsam in diesem Heim verbracht. Vor einem Jahr war Hilda bettlägerig geworden.

Nach Vaters Tod zog Terese nach Toulouse. Sie hatte dort einen Posten als Österreichkorrespondentin bei einer Tageszeitung gefunden.

Der Kontakt zu ihrer Schwester wurde sehr dürftig. Irgendwann war er gar nicht mehr da.

DER FREITOD

Dora war 43,
als er es tat.

Ein paar Monate nach Vaters Tod erhielt sie einen Brief mit
schwarzem Rand. Eine Parte.

> ‚Wir bedauern, Ihnen mitteilen zu müssen, dass unser ge-
> liebter Sohn Pierre im 45. Lebensjahr überraschend ver-
> storben ist.
> Hanna und Jules Manon, Eltern.
> Das Begräbnis findet in Zürich im engsten Familienkreis statt.‘

Sonst nichts.
Dora setzte sich. ‚Warum? Und wie? Wieso überraschend? Wie-
so Zürich?‘
Dem Schreiben war noch ein Brief angeschlossen. Für sie, Dora.

> ‚Liebe Dora,
>
> Wenn du diesen Brief liest, bin ich schon ‚drüben‘. Ich
> will nicht mehr.‘

Dora dachte an die Krankenschwester, die das Wort ‚drüben‘
beim Tod ihres Vaters verwendet hatte.

> ‚Ich bin damals, nach unserer Trennung, nach Graz ge-
> gangen und hab dort im Stadtorchester gespielt. Eine Cel-
> listin aus Luzern, Inga, ist meine Frau geworden. Aber
> ‚meine Frau‘, das warst immer du, Dora. All die Jahre
> hindurch. Du hast keine Schuld an meinem Freitod. Nie-
> mand hat Schuld. Mein Leben war einfach grau und reg-
> nerisch ohne dich.

Inga und ich sind nach Zürich gezogen. Dort hab ich eine Stelle im Kammerorchester Zürich bekommen. Jahrelang die zweite Geige. Inga hat mich betrogen, immer wieder. Bis es genug war.

Die Planung meines Freitods war einfach. Ich hab mich erschossen. In der Badewanne, wegen des Blutes.

Du wirst in den nächsten Tagen, vielleicht schon morgen, ein kleines Paket erhalten. Bitte nimm es an.

Ich will dir mit diesem Brief einfach sagen, dass ich dich nie vergessen hab. Ich hab dich geliebt.

Du trägst keine Schuld, Dora. Verzeih mir.

Dein Pierre.'

Das Erste, was Dora spürte, war Ärger. Was sollte sie ihm verzeihen? Dass sie ihn damals verlassen hat? Mit seinen Beteuerungen, dass sie keine Schuld trage, hatte Pierre erst recht erreicht, dass sie sich schuldig fühlte. Warum dieser Brief? Sie sagte laut: „Und jetzt, jetzt bist du tot, und ich hab' die Hypothek, die du mir hinterlassen hast, zu verwalten."

Trauer spürte sie vorerst keine.

Sich töten, um zu fehlen. Sich töten, um endlich jemandem abzugehen. Sich töten, um als schmerzlicher Verlust zu überleben. Das fiel ihr zu all dem ein.

An Pierres Brief fand sie das Wort ‚Freitod' am angenehmsten. Ein gutes Wort. Frei in den Tod gehen, ohne Zwang, aus eigenem Wollen. Ein frei gewählter Tod.

Sie schlief schlecht in der kommenden Nacht, träumte von einem Elefanten, der sich aus freien Stücken zum Sterben hinlegte.

Am nächsten Tag wartete sie auf das angekündigte kleine Päckchen. Es war pünktlich da. Doras Hände zitterten, als sie es öffnete. Sie hielt eine CD in der Hand: Rodrigos ‚Concierto de Aranjuez', gespielt vom Kammerorchester Zürich.

Jetzt endlich konnte sie weinen.

Sie setzte sich ans Fenster, ihre Augen brannten. Draußen stand ein großer Kastanienbaum, alt und fast schon grau. Und diesen Kastanienbaum beobachtete sie bis 4 Uhr früh, zuerst beleuchtet vom Sonnenrest des Tages, dann von der Straßenlampe. Schließlich öffnete sie das Fenster. Pierres Seele sollte die Möglichkeit haben zu fliegen.

Pierre war also tot. Ihre erste Liebe.
,Ich will nicht mehr', hat er ihr geschrieben. Was wollte er nicht mehr? Kämpfen? Leben?

TERESES BESUCH

Dora war 45,
als sie etwas vergaß.

Der Kontakt zu Terese, ihrer Schwester, war eingeschlafen. Aus
keinem Grund, sondern grundlos. Terese lebte in Toulouse, dort
ging es ihr wahrscheinlich gut. Und keine der Schwestern hatte
in all den Jahren je das Bedürfnis, die andere aufzusuchen. Sie
kannten nicht einmal ihre Adressen und Telefonnummern. Es
war eben so.

Irgendwann nach Pierres Tod kam Terese nach Wien. Völlig
überraschend. Dora holte sie vom Flughafen ab. Beide freuten
sich, … irgendwie …
Es geschah bald nach Tereses Ankunft.

Dora wird den Vorfall danach nicht wahrhaben wollen. Sie wird
ihn aus ihrem Kopf und ihrer Erinnerung streichen. Erfolgreich.
Für sie war das die beste Lösung.

PAUL

Dora war 47,
als die Zeit stillstand.

Sie ging einem Kollegen zuliebe mit. In der Volkshochschule
war ein Vortrag angekündigt worden:
Dr. Paul Pellmann – ‚Wer war Karl Lueger?‘
Dora war an Zeitgeschichte nur mäßig interessiert. Ein Fehler,
den sie sich eingestand. Aber der Kollege wollte nicht allein zu
diesem Vortrag gehen, also lud er Dora dazu ein.
„Überredet", sagte sie lachend.
Wider Doras Erwartungen war es eine interessante Stunde, und
der Vortragende verstand es, packend zu berichten. Er gefiel ihr,
sehr. ‚Ja und?‘, dachte sie.

Einen Tag später setzte Dora eine politische Handlung. Sie fuhr
in die Innenstadt, mit einer vorsorglich gekauften Fackel. Ver-
nünftige Menschen hatten zu einer Demonstration am Heldenplatz aufgerufen. Man wollte ein Zeichen setzen gegen Rassis-
mus und Fremdenfeindlichkeit und Dora hatte beschlossen, da
mitzumachen. Sie dachte ähnlich wie diejenigen, die aufgerufen hatten zu diesem Treffen. Fremdenfeindlichkeit war ihre
Sache nicht.
Die Menschen drängten sich friedfertig schon am Ring, am Weg
zum großen Heldenplatz, wo Hitler einst die Massen begeistert
hatte. Diesmal, über 50 Jahre später, versammelten sich 200.000
Leute auf diesem geschichtsträchtigen Platz. Mit anderen Ansich-
ten. Mit anderen Absichten. Dora war überwältigt. So viele Leute, die dachten wie sie. So viele Menschen, die dasselbe wollten
wie sie. Sollte sie doch noch politisch werden? Nein.
Spät nachts sah sie noch die Fernsehbilder dieses Ereignisses. Das
‚Lichtermeer‘, gebildet von hunderttausenden Fackelträgern, hatten Kameraleute vom Hubschrauber aus eingefangen. Und sie war

eine dieser Fackelträger gewesen. Unglaublich berührend war es gewesen, und Dora hatte sich berühren lassen.

Als Erinnerung an diese Demonstration, wenn auch nur für kurze Zeit, hatte sie das Wachs der Fackel, das in ihrem Haar klebte, vor dem Zubettgehen nicht herausgewaschen.

Am nächsten Tag hielt sie wieder eine ihrer Führungen durchs Institut ab. Genau eine Stunde lang, wie bei dem Vortrag von Dr. Pellmann zwei Tage zuvor.

Am Schluss stand nur mehr ein einziger Mann da – die anderen waren schon gegangen – und wartete. Auf sie? Es war Dr. Pellmann, und seine Miene verriet, dass er sie erkannte. Sie war bei seinem Vortrag in der ersten Reihe gesessen. ‚Er merkt sich offenbar gut Gesichter‘, dachte Dora und wurde nervös.

„Guten Abend"

Es kam freundlich und bestimmt aus seinem Mund. Als Dora ihn genauer ansah, bemerkte sie ein schwaches, warmes Lächeln. Noch ahnte sie nicht, dass eine zeitlose Zeit beginnen würde mit ihm, eine funkelnde, zugleich ruhige Zeit. Dass Gestern, Heute, Morgen eine Einheit bilden würden. Eine einzige Zeit im Jetzt. Dora wusste, dass es Physiker gab, die der Meinung waren, Zukunft, Gegenwart, Vergangenheit seien nur willkürliche Einteilungen. Dass in ‚Wirklichkeit‘ alles gleichzeitig stattfinde. Die Einteilung in Gestern, Heute, Morgen diene dem Menschen nur zur Orientierung, um die Welt als geordnet zu empfinden. Nichts anderes als eine beruhigende Hypothese, um das Leben in den Griff zu bekommen. Kleinliche Versuche.

Dora sah den Mann genau an, der da auf sie gewartet hatte. Und sie spürte, dass genau er es sein würde, der den Augenblick für viele Jahre verweilen lassen würde und der Gestern Heute Morgen zu einer einzigen Wirklichkeit vermischen würde. Zusammen mit ihr.

„Pellmann", stellte er sich mit einem Händedruck vor.

„Wallner", kam von ihr.

„Paul"

„Dora"

Dann griff er in Doras Haar und löste das kleine Wachsstück vorsichtig heraus.

„Ich war auch dort", sagte er mit einem Lächeln, das Stück Wachs in seiner Hand.

Es war besiegelt.

Gestern Heute Morgen. Eine große Liebe begann.

Paul war Lehrer für Geschichte an einem Gymnasium, das von Doras Institut nur zwei Minuten entfernt war. Dora würde ihn bald scherzhaft ab und zu ‚Herr Doktor' nennen. Es war gleichgültig, was er arbeitete, sie würde ihn lieben, das spürte sie. Doch das sagte sie ihm nicht. Noch nicht.

Zu Beginn trafen sie sich ein, zwei, drei Mal die Woche im Türkenschanzpark. Der Park wurde zu ihrem Zuhause. Später sollte es die Heurigengegend jenseits der Donau werden oder auch die Innenstadt.

Im Türenschanzpark lasen sie gemeinsam Wittgenstein und Platon und Lyrik von Rilke, Rilke am liebsten. Sie taten das mit Sorgfalt und auch mit großem Ernst. ‚*Der Tod der Geliebten*' wurde zu Doras Lieblingsgedicht.

Wenn sie gemeinsam unterwegs waren, blieb die Uhr stehen. Einfach stehen. ‚Ach Augenblick, verweile doch', es gelang ihnen. Und dabei rückten sie immer näher zusammen. Das Rosental im Westen der Stadt wurde ihr zweites Wohnzimmer, und Dora fragte sich ‚Heute Türkenschanzpark, morgen Rosental, wann wird der Zauber, das Wunder erschöpft sein?'

Es war in Doras Wohnung, als sie das erste Mal miteinander schliefen. Sie gaben einander Zärtlichkeiten, die Dora nicht kannte. Nicht solche.

An diesem Abend sagte Paul ihr, dass er verheiratet sei.

Dora dachte nach. Lange. Sie mochte keine halben Sachen. Alles, was sie tat, wollte sie mit ganzem Herzen tun. Arbeit mit ganzem Einsatz, Liebe mit ganzer Seele. Leben aus ganzem Sein.

Sie konnte ihn aus ihrem Leben draußen lassen, ganz. Noch konnte sie das. Oder ihn hineinlassen, ganz. Etwas Anderes gab es nicht für sie. Und wenn er, Paul, dem nicht Rechnung tragen wollte, was zwischen ihnen wuchs, dann würde sie ihn draußen lassen.

Dora zog sich zurück. Nicht für lange. Drei Tage danach trafen sie sich erneut. Dora hatte ein Gedicht für ihn verfasst, ihr erstes:

In einem braunbelederten Buch
versteck mich,
mit goldgeprägten Lettern,
blattverschlungen, glänzend.
Versteck mich zwischen fahlgelben Seiten,
Buchstaben eng gesetzt,
zwischen hauchdünnem Seidenpapier,
an manchen Stellen gebrochen.
Versteck uns in der Borke schwarzgefleckter Birkenstämme,
wo Käfer und Raupen wohnen,
mit Schmetterlingszukunft.
Verbirg uns beide im eingerollten Grün der Flußauen
zwischen der Sonne von gestern
und dem morgigen Tau.
Versteck dich
zwischen dem a und dem cis
des Chopin-Préludes vom Abend,
lass dich nieder im Klang,
im Lied,
und auch in der Disharmonie.
Versteck uns im schillernden Geheimnis.

Paul verstand jede ihrer Zeilen gut. Und er sagte überraschend: „Du solltest schreiben, Dora, richtig schreiben. Du kannst das."

Es war ohne Belang für sie, dass er Familie hatte. Fast. Sie hatte sich das genau überlegt, und sie wusste, dass sie beide trotzdem ihre Liebe leben konnten. Ohne gemeinsames Zuhause, das war klar.

Das ‚Verstecken im schillernden Geheimnis' wurde nicht nötig. Paul hatte in den letzten Tagen alles seiner Frau, Eva, gesagt. Eva hatte sich zurückgezogen, hatte auch nachgedacht. Die Nachricht von Pauls zweiter Liebe war unerwartet gekommen. Nach drei Tagen, während Doras Rückzug, hatte sie zum ersten Mal wieder mit Paul gesprochen.

„Wirst du uns verlassen, mich und die Kinder?", hatte sie vorsichtig gefragt.

„Nein. Sicher nicht", war seine bestimmte Antwort gewesen.

„Ist es dir wichtig?"

„Ja"

„Dann tu es. Ich warte."

Eva war eine Frau voller Klugheit und Besonnenheit und ließ ihn gewähren. Sie hoffte auf ein Ende dieser Liebe, ohne dass sie ihn unter Druck setzen musste.

‚Also Geliebte sein', dachte Dora. ‚Mit ganzem Herzen Geliebte sein. Ging das?' Sie spürte Enttäuschung und auch Trauer. Niemals würde sie mit ihm leben können. Aber wollte sie das denn überhaupt? Also warum Angst? Warum Trauer? Sie empfand das Verhältnis zwischen dem, was sie einander zu geben hatten, und der Zeit, die ihnen dafür zur Verfügung stand, als wesentlich. Dora wollte niemals zu viel Zeit haben. Sie und Paul, sie lebten nicht zusammen, und das war gut so. Sie wollte das feine, kostbare Netz, das sie füreinander gewoben hatten, nicht zerreißen sehen durch Gewohnheit und Alltag. Ein Fingerhut, das war das passende Gefäß für ihre Liebe. Ein Fingerhut voll Gold. Und es hätte nur Enttäuschung gebracht, wenn sie dieses Gold in eine große Kiste hätten rieseln lassen, eine Kiste, die da ‚Ehe' hieß. Das Gold wäre auf dem Boden der Kiste gar nicht mehr zu sehen gewesen. Nein, der Fingerhut, das war ihr Rahmen, ihr Zuhause. Dora beschloss, nicht mehr darüber nachzudenken, ob es richtig war, was sie tat. Immerhin, ein Familienvater. Aber sie war nicht verantwortlich für die Entscheidungen anderer. Pauls Entscheidungen. Sie genoss ihn, und das wollte sie tun, solange es möglich war.

Für Dora und Paul begann der Kosmos unendlich groß zu werden. Die Geschehnisse der Außenwelt drangen nicht vor zu ihnen. Es gab Hungersnöte, Erdbeben, Oscarverleihungen, politische Dammbrüche. Sie nahmen es nicht wahr. Das war nicht richtig, das wussten sie, aber sie waren nun einmal zwei Knospen, die sich gleichzeitig öffneten, sich gegenseitig pflückten und einander in Rosenwasser tauchten. Da war kein Platz für Irdisches. Manchmal lächelten sie über sich selbst, liefen in den Wind und warfen ihre Liebe in die Luft, wo sie Purzelbäume schlug. Dora staunte. Sie staunte über ihr Leben und was damit geschah. Viele Wünsche hatte sie. Sie wollte mit Paul Marokko sehen, auf Inseln unter Bäumen schlafen, ihn nächtelang behüten. Sie wollte mit ihm uneingeladen in Feiern platzen und lachen. Sie wollte Rodrigos ‚Concierto' immer wieder mit ihm hören. Sie wollte mit ihm Bücher lesen, die Sätze zerpflücken und danach trinken. Am liebsten dunkelroten Wein. Sie wollte nach Java, Bali, Salzburg und Santorin. Mit ihm.

Dora freute sich auf den Herbst mit ihm, auf den Oktober, die dicken Nebel im November. Auf den Dezember, wenn die Schneeflocken an seinen Wimpern hängen blieben und in seinem Gesicht zerschmolzen. Sie freute sich auf die Spaziergänge im Schnee, auf seine Stimme unter den Bäumen, auf seine Zärtlichkeit.

Paul hatte sich mit seiner Frau geeinigt. Es ging überraschend gut. Dass sie manchmal heimlich weinte, wusste er nicht.

Dora begann zu schreiben. Gedankensplitter, Einfälle. Sie kramte ihr altes Tagebuch aus Kinder- und Jugendzeiten hervor und schrieb, oft viele Stunden lang. Die weißen Seiten füllten sich langsam. Die Zeit, die sie mit Paul zur Verfügung hatte, war eben doch zu kurz für ihre Phantasien. Statt mit ihm real zusammen zu sein, was ja nicht immer möglich war, schrieb sie. Jetzt war es also wieder in Verwendung, ihr Tagebuch. Den Namen ‚Conny' löschte sie. Ihr Tagebuch hieß jetzt

‚Du‘

,Ich möchte mit dir durch die Dämmerung gehen, so lange, bis der Himmel keine Richtungen mehr hat und die Kerzen aufs Anzünden warten. Ich will mit dir Maroni braten, Erdäpfel in der Glut, Glühwein vor dem Kamin. Und im Sommer will ich am Rücken im Gras liegen und dir die Sterne erklären. Den Großen Bären, Kassiopeia, die Plejaden, ferne Galaxien. Ich will dir erzählen von den Sterngeburten, den Tiefen, den Jahrmillionen, dem Blick zurück mit Hilfe der Teleskope. Und dann möchte ich dich zudecken mit mir, ins Gras hineinriechen und mich auf den nächsten Winter mit dir freuen, in dem schon der Frühling versteckt ist, um dem Sommer zu weichen. Im Herbst mit dir durch den Wald streichen, Weinrot, Cognacbraun, Gelb. Vivaldi.

Und dann den Mondduft schnuppern am Heimweg, heim zu uns.‘

Pauls Augenlider schienen ihr das Verletzlichste an ihm zu sein. Sie waren hell, mit feinen violetten Linien, wie Flussmäander, wie chinesische Seidenfäden. Sie hatte Lust, seinen ganzen Körper zu Augenlidern zu machen, die sie vorsichtig küssen konnte.

‚Du‘

,In deinen Mundwinkeln glänzen Narrenglocken. In deinen Augen weint ein Clown, ab und zu. Das Haar auf deinen Unterarmen hat die Farbe gepflügter Felder im November, und die vier Halbmondfalten neben deinem Mund, wenn er lacht, sind aus türkischem Honig gemacht. Deine Haut wie Brokat. Zwischen deinen Brauen sitzt ein trotziges Kind, alt wie tausend und sieben Wienerlieder.

Irgendwann wird die Sonne dich trinken.‘

Eines Nachts hatte Dora einen Traum.

Sie war ein freier Vogel und nicht zu fangen. Nicht mit Futter, nicht mit goldenen Stäben, nicht mit Netzen aus silbernen Spinnweben. Sie sagte zu ihm ‚Gib mir den Lufthimmel und ich bleibe. Gib mir den Wind und die blauen Stunden und ich bleibe. Fang mich nicht, sonst sterben meine Flügel, und die Federn verkümmern. Lass mich fliegen, und ich werde bleiben – bis morgen. Und das ist lang, länger als immer.‘

Sie war ein Vogel im Traum. In Gefahr, gefangen zu werden.

Am Morgen wunderte sie sich. ‚War sie nicht frei mit Paul? Niemand wollte sie fangen. Niemand.‘

Eben ein Traum.

Paul und Dora.

Wenn der Himmel am Abend die Farbe der Äcker annahm, oder wenn die Wolken wie Konfetti zerstoben, dann wollte Dora sein Gesicht neben dem ihren haben. Ein Gesicht, das mit ihr schaute und staunte.

Paul und Dora.

Sie verjubelten ihre Vernunft, waren Amors Rutschpartie, das Riesenrad von Eden, und Venus schaukelte sie.

Es war lächerlich zu glauben, ihnen könne etwas passieren. Sie waren unverwundbar.

Paul und Dora.

DIE REISE

Dora war 49,
als sie wegfuhr mit ihm.

Zwei Jahre waren sie nun schon zusammen. Seine Frau war es
schon lange gewohnt, dass er ein Mal im Jahr, im Sommer, mit seinem alten Mercedes eine Woche durch das Land gondelte. Allein.
Diesmal fragte er Dora, ob sie ihn begleiten wolle. Natürlich wollte sie. Auf Reisen sein, das war neu und ein Wagnis. Sie packte
ihren Koffer, er holte sie aus ihrer Wohnung ab, und die Reise begann. Dora lebte von da an im Hier und Heute. Sie dachte
nicht an vorher, nicht an nachher.

Am Beginn ihrer Fahrt streiften sie Weinviertler Alleen, fuhren
durch nichtsahnende brütende Ansiedlungen, taube und fau-
le Dörfer.
Dann nach Retz. Die Kreise um den Stadtplatz, die Weinkeller
darunter, nur gewusst, nicht gesehen.
Waldviertel. Hardegg. Ein Gang durch die Zeiten der Burgen
und Kamine. Wie groß war die Verzweiflung, die Ausweglosig-
keit drinnen im Burgfried, wenn unten die Feinde einfach nur
warteten? Warten auf den Tod …
Der Gesprächston zwischen Dora und Paul wurde immer leiser,
ruhiger. Sie wuchsen zusammen.
Kefermarkt. Zwei junge Französinnen mit ihrem onkelhaf-
ten Begleiter. Der Altar und die Omnibusse waren zu groß
für den Ort.
Bei einem Spaziergang hinauf zum Schloss ein Telegraphenmast.
Holzfaserungen wie Moirésamt oder gepresste Blumen. Als Dora
klein war, hatte der Christbaumschmuck in ihrem Zimmer, vom
Licht draußen beleuchtet, Schatten auf die Wand geworfen, wenn
es schon dunkel war. Die Schatten wurden lebendig, wenn man
lang genug wartete. Heute, 40 Jahre später, waren die Holzmus-

ter auf dem Telegraphenmast wie die Schatten des Christbaumschmucks gezeichnet. Dora erinnerte sich ganz genau.

In Freistadt begannen sie, in sich selbst und ineinander zu ruhen. Die Grenzen zwischen ihnen zerflossen und das ‚Wir' begann sein Leben. Freistadt. Ein schönes Wort. Bunte Häuser, ein großer Platz, das Plakat für einen Sexfilm und jemand, der sie beide beobachtete.

Das Auto wurde Paul und Dora zur Wohnung, sie einander zum Daheim.

Hainburg, der Neusiedlersee, das Segenboot. Wind, milchiges Wasser vor schwarzen Wolken, weiße Segel, die bloßen Füße, die die Planken spürten. Die wechselnden Farben des Wassers, die sich mit dem Himmel mischten.

Aigen. Ulrichsberg, ein Abend auf einem Hügel. Sonne hinter Wolkengrau, fahles Licht. Eine Zauberstiege, die nach oben führte.

Nun nach Süden. Vorstellung von Donau, Steinen, Schotterbänken, Wasser, Sand, Strom. Nach Süden.

In den letzten Strahlen der Sonne entzündeten sie ein Feuer und säumten die Dämmerung des Tages mit ihren Flammen. Dora sah ihn in kurzen Jeans, die Zigarette im Mundwinkel, in Hockstellung, die dunklen Haare über der Stirn. Sie saßen in der Nähe der Bäume bei der Feuergrube und spürten jede Sekunde bis zur Nacht. Der Mond war glatt und rund, zwischen den Zweigen sichtbar. Sein Wandern strich ihnen über den Rücken. Sie sprachen kein Wort.

In der Nacht danach geschah etwas für Dora Ungewöhnliches. Sie spürte, dass er sich im Bett aufsetzte und sie unverwandt anstarrte. Sie sprach ihn an, er reagierte mit einem:

„Es ist immer so."

Paul hatte einen seiner Anfälle. Er litt unter einer leichten Form der Epilepsie, das wusste Dora, und zwei, drei Mal im Jahr bekam er einen Anfall. Er wusste danach nicht, wo er war, verlor die Orientierung und erkannte kaum jemanden. Die bisherigen Anfälle während ihrer gemeinsamen Zeit geschahen immer in Anwesenheit seiner Frau oder bei Freunden. Jetzt aber war sie, Dora, seine Hüterin.

„Erkennst du mich, Paul?"

„Ja, du bist Dora, nicht Eva."

Dora schmerzte es, dass er ihren Namen nannte.

„Wo sind wir?"

„In der Wachau, auf einer Reise."

Dora wusste, dass dieser verwirrende Zustand nicht lange anhielt. Sie musste nur Geduld haben und ihn unterstützen.

Nach einer Stunde war alles vorbei.

„Danke, Dora.", sagte er erschöpft.

Dora war ein wenig stolz, denn er war bei ihr gewesen und nicht bei Eva, als es passierte.

Danach schliefen sie traumlos.

Nach zwei weiteren Tagen am Strom ging ihre Reise zu Ende. Sie saßen im Gastgarten eines Restaurants, blickten auf die Donau. Die Baumblätter über ihnen erzeugten Sonnenkringelflecken auf dem weißen Tischtuch. Beweglich wie Schneeflocken. Paul entwarf ein Bild, ein verlockendes Szenario. Er wollte mit ihr nach Griechenland, nach Santorin, im nächsten Jahr. Und er schwärmte jetzt schon von den weißen Häusern und der klaren Trennungslinie zwischen diesen kleinen Häusern und dem heißen Himmel. Und er erzählte ihr von den türkis und blau gestrichenen Türen im Weiß der Mauern. Sie beide oberhalb der Caldera, in einem kleinen Quartier in Oia, dem Nordzipfel der Insel. Abendliche Dunkelheit, die den heißblendenden Tag ablöste und eine kühle Brise zum Land hin wehte. Ja, er wollte nach Oia mit ihr. Sein Entschluss stand fest und seine Augen strahlten. Dora fiel es leicht, diese Vision anzunehmen. Wieder eine Reise mit Paul. Also Santorin. Also Atlantis, das es womöglich gar nicht gab.

Diese Reise durch Österreich, die hinter ihnen lag. Es war der Schritt zu weit gewesen. Der Knoten, den ihre goldenen Fäden gebildet hatten, war nicht mehr entwirrbar.

Auf der Heimfahrt schlichen sich Traurigkeit und ein dumpfer Druck in Doras Brust. Schmerz machte sich breit. Und sie schwor sich, immer offen zu bleiben für ihn. Für immer.

Der Abschied vor Doras Wohnung war kühl, distanziert. Wie sonst sollten sie beide wieder in ihr Leben finden? Also Koffer raus, die Stiegen hinauf, Fallenlassen ihrer Utensilien, sich hinsetzen und träumen.

Es war wunderbar gewesen. Also keine Tränen.

Am nächsten Abend läutete Doras Telefon.

„Wallner."

„Ich bin Eva, die Frau von Paul. Paul ist tot." Aufgelegt.

Dora ließ die Nachricht in ihre Ohren, aber nicht in ihr Gehirn. Sie sah noch die Übertragung eines Tennismatches zu Ende, schaltete den Fernseher ab.

‚Paul ist tot? Paul ist nicht tot. Ein Traum.'

Langsam, sehr langsam, drangen die Worte in ihr Bewusstsein: PAUL IST TOT.

Sie setzte sich in die Küche, weinte nicht, schluchzte nicht. Sie schrie. Fast die ganze Nacht schrie sie. Schreien half, manchmal. Diesmal nicht. Sie schrie sich die Seele aus dem Leib. Nein. Sie hatte keine Seele mehr.

Sie wollte mit ihrem Schreien Windschutzscheiben zersplittern, tobendem Licht entgegenfahren, schwerelos in Scheinfahrer tauchen. Ende.

Sie wollte, nachdem ihr Schluchzen ihre Haut zerrissen hat, rasend um sich schlagen, Scheiben klirren, Gläser brechen, in Blut begraben, den Globus sprengen.

Am Morgen war es am schlimmsten. Als Bruchteile ihres Wachseins die dunkle Schlucht in ihrem Innern öffneten und sie abgehackt begriff, dass Paul nicht mehr da war. Er war weg. Und als ihre Augen schließlich offen waren, wurde die dunkle Schlucht zu einer blendend hellen, ungleich tieferen.

Nach zwei Tagen rief sie Eva an. Paul war ein paar Stunden nach der Rückkehr von der Reise gestorben. Allein daheim hatte er einen seiner epileptischen Anfälle gehabt, war in eine Glastür gefallen und verblutet.

Er war jetzt auf einer anderen Reise, ohne sie.

In Watte gepackt ging Dora zur Arbeit, wie eine Marionette.
Dachte an Freistadt, die Donau, die Burgen und Schlösser, in
denen sie waren.
Erinnerungen, vom Tod versteinert.
Für immer.

DER ABSTURZ

Dora war 51,
als das ‚Zu viel‘ begann.

Nach der stumpfen Trauer kam der Zorn.
‚Warum hast du mich allein gelassen, Paul? Schon wieder verlassen, wie Mama damals.‘
Sie badete in diesem Zorn auf Paul. Es war ihre Antwort auf sein Ableben. ‚Ableben‘ – welch ein Wort. ‚Hieß es, dass der Tote **ab**stürzte in ein zweites Leben? Oder hieß es, dass es **ab** dem Tod ein zweites Leben gab?‘
Dora wusste keine Antwort. Sie las keine Bücher mehr, sie hörte keine Musik. Sie ließ sich gehen, nahm zu. Es galt, die Leere zu füllen. Mit Trinken? Mit Sex? Mit dem Weltgeschehen? Sie entschied sich für alle drei.
Nach Pauls Tod schlief Dora mit unzähligen Männern, und das war nicht so unterhaltsam wie in ihrer Zeit der Glockenhosen und Stirnbänder. Sie schlief ziemlich wahllos mit jedem, der es sich gefallen ließ. Auch mit jüngeren. Dora missbrauchte ihren Körper, um dem Akt der Vereinigung die Bedeutung zu nehmen, die er bei Paul gehabt hatte. Diesmal waren es keine Vereinigungen, es waren Kämpfe, Ekel erregende Szenen auf Toiletten, in Abstellkammern. Ihr wurde manchmal schlecht davon. Natürlich waren auch nette Begegnungen dabei. Ja, ‚nette‘, aber keine, die Paul ersetzt hätten können.
Dieses Kaputtmachen des ‚Akts der Liebe‘ war ohne Wein nicht zu ertragen. Also Rotwein. Also Trinken.
Sicherlich, nach einigem Alkohol waren Doras Gedanken nicht mehr geradlinig. Sie bildeten Kreise, Schleifen und Kurven, Mäander, Girlanden. Mit vier oder fünf Gläsern wurde ihr Denken sprunghaft. Sie hüpfte von einem Bild zum nächsten in ihrem Kopf, dachte nur mehr in unlogischen Assoziationen. Der Wein war ihr Lebenselixier. Dachte sie zumindest.

Wenn sie nicht ausging, saß sie mit einer Flasche Rotwein vor dem Fernseher und beobachtete das Weltgeschehen. Das tat sie einigermaßen gründlich, aber es berührte sie nicht. Weder die Schicksale der Katastrophenopfer noch die Winkelzüge der Politiker gingen ihr nah. Vor dem Fernsehapparat trank sie langsam, aber zielbewusst. Sie liebte diese abendlichen Stunden. Allein daheim, die Flasche und die Flimmerbilder vor sich, bis sie den Berichterstattungen nicht mehr folgen konnte. Sie erfand dann neue Nachrichten. Da beantragte der amerikanische Präsident ein Visum für Entenhausen, der polnische wollte sein Land zusperren wie eine Schachtel aus Pappkarton, der österreichische ging nur mehr als Clown verkleidet unter die Leute. Manchmal lachte sie über diese neuen Bilder, aber am Ende des Abends wankte sie ins Bett, ohne die Zähne zu putzen oder irgendetwas Vernünftiges zu denken.

Dora wurde aggressiv, wenn sie zu viel trank. Und dann spottete sie scharf und erbarmungslos über andere. Sie machte sich vor allem über Paare lustig, die in trauter Zweisamkeit vor sich hinlebten, eingeigelt, abgeschottet, einander behindernd. Sie lachte über die ihrer Meinung nach eingeengte Weltsicht dieser Paare und wollte keineswegs so leben wie sie. Spott war Doras Waffe. Manche wehrten sich, wenn sie so sarkastisch war, aber das ließ sie nicht an sich heran. Sie wehrte ab, was auf sie zukam. Sie wurde hart.

Ihre Arbeit erledigte Dora verlässlich, routiniert. Ihre Kollegen aber merkten die Veränderung. Ihr Gesicht war ein wenig gedunsen, ihr Blick ohne Feuer. Erschöpft.

Mutter starb in dieser Zeit. Das berührte Dora kaum. Sie war viel zu sehr mit sich selbst beschäftigt, als dass sie Trauer verspürte. Warum auch. Die Mutter hatte ihr einst auf ihre Schamlippen gegriffen. Das war der Bruch gewesen.
Sie trank lieber etwas mehr an diesem Tag.

Dieses verzweifelte Leben lebte Dora jahrelang.

Sie trank jeden Tag, und immer zu viel. ‚Schon wieder zu viel‘, dachte sie täglich, aber sie änderte nichts an der Situation. In allen Winkeln der Wohnung suchte sie nach Alkohol. Und wenn sie noch einen Rest Inländerrum fand, war sie zufrieden.

Erbrechen musste sie schon lange nicht mehr. Das war die Gewöhnung, die Regelmäßigkeit, mit der sie zum Alkohol griff.

Manchmal, wenn sie von ihrem Lieblingsbeisl heimkam, betrunken und schwankend, schaffte sie es noch, eine CD aufzulegen. Procol Harum, Rolling Stones, Janis Joplin, das war ihre Musik, wenn sie vorhatte zu tanzen. Nicht Liszt, nicht Schubert, nein, das war Pauls Musik gewesen. John Lennon und Konsorten mussten es sein. Und dann tanzte sie. Zu unerträglich lauter Musik. Sie stampfte sich selbst rhythmisch in den Boden, wollte der Hölle nahe sein. Der Schweiß rann ihr über die Augenbrauen auf die Lippen. Ein wenig Alkohol schwitzte sie aus ihrer Haut, aber sie hatte noch einen Schluck Whisky zu Hause. Der Spiegel war wieder hergestellt. Der viel zu hohe Spiegel.

Selten, in besonderen Augenblicken, tanzte sie – trotz Abgeschmacktheit – zu Beethovens Neunter, letzter Satz. Dabei war sie manchmal so etwas wie glücklich. ‚Glück? Wo bist du, Paul?‘ Im Bett weinte sie kurz und schlief fast bewusstlos bis drei Uhr früh. Den Rest der Nacht wälzte sie sich von einer Seite auf die andere.

Einmal, während ihrer Tanzwut, fiel ihr das alte Tagebuch ein. Zuletzt hatte sie es mit Buchstaben gefüllt, als sie mit Paul auf Reisen war.

Sie kramte das Buch hervor und schrieb: ‚Letzter Eintrag: Alles ist scheiße.‘

Das war's.

Ihre Arbeit gelang ihr. Noch.

Dora war über 54, als sie abstürzte.

Nach der zweiten Flasche Rotwein war es ihr unmöglich, in ihr Bett zu gelangen. Am Weg dorthin stürzte sie, zwischen Badezimmertür und Schlafzimmer. Sie ging auf den kalten Fliesen zu Boden, konnte nicht mehr aufstehen. Also blieb sie liegen. Bis zum Morgen.

In dieser Zeit bedrohten sie Drachen, Saurier, Lokomotiven, die auf sie zurasten. Ein schwarzes Ungeheuer, dem von Loch Ness nicht unähnlich, riss das Maul auf und machte sich daran, sie zu verschlingen. Soldaten mit Tarnblätterhelmen schossen auf kleine, dunkle Kinder. Kinder wie in Indien. Blut floss in regulierten Bachbetten. Rot. Leute schrieen. Dora konnte sie nicht sehen, konnte sich nicht bewegen. Sie lag am Boden vor der Schlafzimmertür. Ihr wurde kalt. Sie war imstande, den Notruf zu wählen. Der Rettungswagen kam, sie wurde hineingehoben, kam im Spital wieder zu sich.

Die Ärztin stelle Abusus fest, Alkoholmissbrauch. Dora hörte noch ein Wort wie Delirium, dann versank sie.

Als sie am Morgen zu sich kam, ging es ihr ein wenig besser. Die Ärztin riet ihr, einen Entzug zu machen. Sie würde es allein nicht schaffen. Das wollte Dora auf keinen Fall. Das Gespräch mit der Ärztin brach sie ab, indem sie sich von ihr abwandte und den Fernsehapparat aufdrehte. Sie zeigten einen Katastrophenfilm, Flugzeuge stürzten in hohe Gebäude, zuerst eines, dann ein zweites. Als Dora ein anderes Programm suchen wollte, wurde es ihr klar. New York war der reale Schauplatz eines irrealen Geschehens. Sie schaute mit aufgerissenen Augen auf den Bildschirm, auch die Ärztin bewegte sich nicht mehr. Doras Bettnachbarin schlief.

In den nächsten Stunden fielen Menschen aus wolkenhoch gelegenen Fenstern. Oder sprangen sie? Am Boden, auf dem Beton vor dem World Trade Center, zerschellten die Körper der Gefallenen. Ein Ton wie beim Fallenlassen eines rohen Eies begleitete diesen Tod. Es war unfassbar wirklich.

Bald stürzten die viel zu hohen Türme ein. Tausende wurden begraben. Unter einem Welthandelszentrum, das nur mehr ein riesiger Weltsarg war. Flüchtende Menschen mit weißen Aschegesichtern. Dunkler Rauch überall. Ungläubigkeit und Verzweiflung in den Mienen derer, die entkamen.

‚Die Welt ist eine andere geworden', sagten sie danach. Aber es würde nichts anderes bedeuten als Krieg, Krieg mit einem zur Gewalt bereiten Präsidenten als Kriegstreiber. Die Achse des Bösen würde lange Zeit die einzige Achse sein, die den Weltenwagen lenkte. Das spürte Dora.

Sie blieb noch zwei Tage im Krankenhaus. Dann entließ Dora sich selbst. Und sie wusste, dass auch ihre Welt eine andere werden musste, nicht nur die Welt nach dem 11. September. Eine Welt ohne Alkohol. Sie wollte es so. Und jeder, der ihr in Zukunft Wein anbieten sollte, würde von ihr hören: ‚Ich bin trockene Alkoholikerin. Nein danke.'

DER AUFSTIEG

Dora war 54,
als sie wieder zu leben begann.

Die ersten Wochen nach der Entlassung aus dem Krankenhaus
waren unerträglich schwierig. Dora wollte da durch. Sie wollte
ohne Hilfe das alles durchstehen. Ihr Chef am Institut hatte Verständnis. Sie konnte, wenn es nicht anders ging, daheimbleiben.
Wenn Paul in ihrem Kopf auftauchte, und das tat er oft, sah Dora
es als Unsinn an, wenn einer sagte: Die Zeit heilt alle Wunden.
‚Die Zeit kennt keine Rückkehr.' So dachte Dora. ‚Jeder Zustand
wird in jedem Augenblick von ihr verändert. Sie lässt Wunden
vernarben, bluten oder verbluten. Heilen kann sie nichts.'
Sie aber wollte nicht verbluten.
Sie wollte nicht zerklirren wie Kristall auf Beton. Sie wollte nicht
zersplittern und ein versteinertes Tränengesicht tragen. Sie wollte wieder ganz werden, wieder fliegen. irgendwann.
Nachts stellte sie sich ans Fenster, hielt die Finger ihrer beiden
Hände gespreizt vor ihr Gesicht, den Blick auf die Venus gerichtet. Der Schein des Planeten wurde von ihren Fingern zer-
teilt. Viele kleine Sterne entstanden. Wie verstreuter Goldregen.
Sie wusste, dass alle Kraft, die sie jetzt brauchte, von ihr allein
ausgehen musste, ganz von ihr allein, und sie machte sich auf
den Weg. Ohne ihn.

In den nächsten Monaten wurde ihr der Kollege, der sie damals
in Pauls Vortrag eingeladen hatte, zu einem guten Freund, einem
sehr guten Freund. Thomas. An eine erotische Beziehung dachten sie beide nicht. Jetzt, lange nach Pauls Tod und nach ihrem
Absturz, wollte Dora mit niemandem mehr schlafen. Wozu auch?
Thomas stützte sie, wenn sie unsicher wurde, auf ihrem Weg
ohne Wein, ohne Alkohol. Sie wuchsen zusammen.

An einem kalten Dezemberabend besuchten Thomas und sie eine Literatenlesung. Sie sprachen danach noch ziemlich lange über das Gehörte, und Dora fielen Pauls Worte ein, die er vor langer Zeit an sie gerichtet hatte. ‚Du solltest schreiben, richtig schreiben‘, hatte er gesagt. Mit großer Bestimmtheit. Sonst nichts. Nur ‚Du solltest schreiben.‘

Sie sprach mit Thomas darüber, und je länger sie sich unterhielten, desto sicherer wurde Dora, dass sie dieser Aufforderung von Paul nachgehen sollte. ‚Schreiben. Warum nicht?‘

Ihr Tagebuch hatte sie weggeworfen, also benützte sie ein dickes Heft für ihre Notizen. Sie begann, mit großem Respekt vor den leeren Seiten, Ideen und Einfälle zu notieren.

Was wollte sie denn?

Das Umsetzen von realem oder möglichem Leben in Schrift. All die Vorstellungen, Bilder, erfundenen Geschichten, Lieben, in Phantasien aufgespannten Dialoge, all das umwidmen in geschriebene Wortgruppen, Sätze, goldene, silberne Wortformen. Das war es, was sie wollte. Vielleicht auch Wörter erfinden wie in ihrer Kindheit.

Dora fand es bemerkenswert und überraschend, dass der Mensch so etwas wie Dichtung hervorgebracht hat. ‚Was im Menschen war der Auslöser dafür?‘, fragte sie sich. Neben vielen Unbegreiflichkeiten stand da die Vorstellung von ihrem Gehirn, das vielleicht alles beinhaltete, erzeugte, bestimmte, was sie, ihre Person, ausmachte. Ihr Gehirn. Adern im Inneren, Blut, weiche Schlingen aus weißer Masse, verletzbar durch einen einzigen Schnitt, einen Stich. Über diesen weichen Schichten der Schädelknochen, die Kopfhaut. War das denn Schutz genug? Schutz für ihre Ideen, ihre Einfälle?

Sie besprach sich mit Thomas. Er hörte ihr zu, und er wusste so manches von Literatur. Das war gut.

Danach schrieb Dora vorsichtig:

Heute sah die Frau die untergehende Sonne, genau am Ende der Häuserzeile. Dunkelrot, fahl, und halb schon hinter den waldigen Hügeln am Rand der Stadt. Davor Dunst. Großstadt. Im Osten war der Himmel türkis. Die wenigen Wolken waren grau und greifbar, wie dicker Stoff oder Puppen aus Watte, die irgendwer vergessen hat. Das Tageslicht verschwand, Neon griff um sich.

Diese Tageszeit, in der die Dämmerung die Helle zudeckt, wenn alles dunkler, grauer, langsamer wird. Die Frau liebte das, dieses Zurückziehen des Tages. Im Sommer, wenn die künstlichen Lichter sich in die rötlichen Stunden mischen. Hofübergabe von der Sonne, die im Westen nur mehr zu ahnen ist. Eine Stunde lang ist es Tag und Nacht gleichzeitig. Kein plötzlicher Übergang, sondern ein Ineinanderscheren, ein Überlappen. Eine doppelte Stunde.

Dora war ein wenig stolz darauf, ihren ersten Text verfasst zu haben. Abgesehen von ihren Tagebucheintragungen und von einem Gedicht, das sie einmal Paul gegeben hatte. Dieses Gedicht war der Auslöser gewesen für seine Aufforderung an sie, doch zu schreiben. Wirklich schreiben. Noch waren es Gedankensplitter, ohne größeren Zusammenhang.

Dora hatte auch vor, zu Musik zu schreiben. Nicht Procol Harum, diese Zeit war vorbei. Sie wollte Bilder in ihrem Kopf entstehen lassen, wenn sie Chopin, Schubert, Liszt hörte. Traurige, jubilierende Bilder, die sie mit Buchstaben zu malen versuchte. Über Chopin zu verträumten Satzgebilden. Über Schubert zu tanzenden Wörtern.

Zu Chopin schrieb sie:

In der Altstadt sah die Frau einen Mann. Jung, groß, sehnig, gelocktes Haar, schön. Er beugte sich zum Gehsteig hinunter, die Abendsonne schien rötlich schwach vom Westen her. Er hantierte mit seinen schmalen Händen mit Blumen, die er sicher selbst in Töpfen gezogen hatte, rot, gelb, lila, weiß. Die Hände des Mannes waren nichts als vorsichtige Zärtlichkeit, behutsame Liebe.

Liebe, die wusste um die Weichheit dieses Rots, dieses Gelbs vor ihm. Ein Bild wie in einem Traum. Ein Mann mit Blumen.

Und zu Jazz von Thelonious Monk schrieb Dora:
Die Frau ging ins Café Stadlmann, und es tauchten Stimmungen auf wie vor vielen Jahren. Die roten Plüschfauteuils, das ruhige Reden, Geräusche von Besteck, Tellern. Die Medizinstudenten, die sich unterhielten über Obduktionen oder ihre letzten Liebesabenteuer. Oft auch über Politik. Die Frau mochte das gedämpfte Licht und die Leute in diesem Café. Es schien ihr, dass die Studenten jünger geworden waren. Natürlich waren sie jünger. Viel jünger als sie.
Als die Frau das Café verließ, erkannte sie jeden Pflasterstein, jede Bank zum Ausruhen. Die Straßen um das Café waren hier voll von ihren Studienjahren. Konservierte Erinnerungen.

Dora wollte von Begebenheiten erzählen, die sie erst aufstöbern musste in ihrem Denken. Die sich nicht vordrängten, sondern die sie erfinden wollte. Fabulieren lernen, das wollte sie. Geschichten erfinden, die nicht wahr waren, aber wirklich. Wirklich war, was wirkte. Ob wahr oder erfunden, das war gleichgültig.

Die Jahre, die folgten, waren geprägt vom Schreiben. Dora hatte auch schon einen Verlag gefunden, der ihre Bücher druckte. Berühmt würde sie nicht werden, das war ihr klar, aber das Schreiben löste eine ruhige Zufriedenheit in ihr aus. Mitunter lud sie Freunde ein, eine schon lange stillgelegte Gepflogenheit. Auch sie wurde eingeladen, das gefiel ihr. Manchmal war es ihr zu viel. Auch Ausstellungen sah Dora sich an, in der Albertina, im Leopoldmuseum und sonst wo. Die Theater der Stadt wurden zu ihren Wohnzimmern. Sie gewann Freunde, auch neue. Aber sie war auch gern allein. Manchmal auch einsam. Manchmal.

Den Alkohol hatte sie aus ihrem Leben gestrichen, und das sollte auch so bleiben.

Sie stand mit geradem Rückgrat mitten in der Welt. Dora war wieder eine Frau geworden, der man ansah, dass sie vollständig war. Sie war stark geworden, ohne Paul.

Das abgestürzte Glück war zurückgefedert. Bereit, von ihr aufgefangen zu werden. Das abgestürzte Glück hatte zerbrechliches Leben. Es zu hüten war sie da. Sie konnte wieder ein glitzerndes Glas mit perlendem Wasser füllen, die Buchstaben fließen lassen. Sie konnte wieder schmunzeln über die roten Wangen eines kleinen Mädchens, kichernd und blond. Und sie freute sich wieder über den Regen.

Das aufgefangene Glück.

Draußen vor Doras Fenster schwirrten und schwebten trotz Sonnenscheins Schneeflocken, so leicht, dass sie kaum zur Erde fielen. Sie tanzten auf gleicher Höhe immer wieder vor ihren Fensterscheiben. Pauls Gesicht im Schneeflockengestöber, seine nassen Wimpern. Sie tanzte mit ihm, tanzte wie die Flocken, schwerelos. Sein Tod war endgültig, und doch lächelte sie, konnte wieder lächeln. Es war gelungen.

DIE WELLE

Dora war 57,
als das Wasser kam.

Es war Ende Dezember. Dora war nach Thailand, nach Khao
Lak, gereist, um einmal einen ganz anderen Winkel dieser ver-
winkelten Welt kennen zu lernen. Ihre Freundin und Kusine Lisa
machte zur gleichen Zeit mit ihren Enkelkindern Urlaub in Ko
Phuket. Das wusste Dora, aber das war ganz plötzlich gleichgültig. Eine Welle, die so groß wie ein Wolkenkratzer daherrollte,
erfasste alle und alles. Doras Haus lag hoch genug in Sicherheit,
doch sie konnte bis zur Küste sehen, von ihrem Balkon aus. Sie
sah Wasser, immer wieder Wasser, und sie schrie wie kaum je-
mals zuvor. Wassermassen wälzten sich durch die Gassen, Auto-
wracks schwammen mit. Schreiende Kinder, die vor dem Ertrinken noch ein letztes Mal aus dem Wasser auftauchten.
Dora handelte verrückt. Sie öffnete ihren Laptop und las die wis-
senschaftlichen Seiten über Tsunamis. Diese reine Wissenschaft
sollte den Wahnsinn beenden, den Wahnsinn der Fluten da draußen und in ihrem Kopf.

Sie las:

> Ein Beispiel zur Plattentektonik: Vor Sumatra, den Niko-
> baren und den Andamanen schiebt sich die Indisch-Austra-
> lische Platte in einer ca. 1.000 Kilometer langen Bruchzo-
> ne mit etwa 33 mm pro Jahr in Richtung Nordosten unter
> die Eurasische Platte. Durch das Unterwandern der Plat-
> tengrenzen bauen sich in der Subduktionszone Spannun-
> gen auf, die sich schlagartig in Erdbeben entladen können.

Das Lesen nützte nichts. Doras Phantasie kroch unter das Wasser,
rang nach Luft. Sie erlebte voller Panik, was sie sich nur vorstellte. Große Bauteile aus Holz schlugen sie halb tot. Immer wieder

konnte sie auftauchen, Luft schnappen. Ein Mann in der Strömung, sein Kind an der Hand, leblos. Das Anhalten an Baumstämmen gelang nicht, sie trieb weiter und weiter.

Vielleicht hilft es doch, das Lesen:
Nachdem in vielen Gebieten zuerst ein Wellental die Küste erreicht, treffen mehrere Flutwellen mit steigender Wellenhöhe auf die Küsten und dringen unter teilweise großer Zerstörungswirkung mehrere Kilometer ins Landesinnere vor. Zwischen dem Beben und den ersten Tsunamiwellen vergehen einige Minuten, oder auch mehrere Stunden.

Sie kommt nicht los von der Katastrophe. Ist die Welt zu Ende? Ihre Welt? Nur eines will sie: Überleben. Das Salzwasser brennt in den Augen, dem Rachen. Tod überall. Das war's wohl. Eine junge Frau treibt auf sie zu, wimmert vor Angst. Die Hand reichen? Natürlich. Aber wohin sollen sie?
Es gelingt, dass sie an einer Palme Halt finden. Wasser im Mund, Wasser in der Nase, Wasser in allen Körperöffnungen. Teufelswasser überall.

Dora liest:
Die Geschwindigkeit der Wasser-Druckwelle auf dem Meer beträgt, mehrere hundert Kilometer pro Stunde, ehe sie mit abflachender Meerestiefe, z. B. an der Küste, an Geschwindigkeit abnimmt. Zwischen den Einzelwellen flutet das Wasser zum Meer zurück und entfaltet typische Wirkungen: Mitnehmen von schwimmfähigen Gegenständen und Personen. Die Straßen werden zu breiten Kanälen, in denen ein Konglomerat aus Wasser, Autos und Gebäudetrümmern erst landeinwärts und dann wieder Richtung Meer fließt.

Sie schaltet den Laptop ab. Ihre schrecklichen Vorstellungen aber lassen sich nicht abschalten. Sie befindet sich in den Fluten, noch immer. Es ist nicht wahr, es ist nicht wahr. Sie lässt die Hand an der Palme nicht los. Die fremde Frau ist völlig starr. Ihr Gesicht weißblau. Ein Kind von etwa fünf Jahren, ein dunkelhäutiges Kind, treibt in ihre Richtung. Da erwacht die Frau wieder aus ihrer Starre, und mit Doras Hilfe zieht sie den Buben zu sich. Wasser strömt weiter und reißt sie beinahe weg. Dora sieht riesige Drachen, die Wasser speien. Triefende Fabelwesen, die sich nähern und sie aufzufressen drohen. Zwei Flugzeuge, die Wasser sprühen, bevor sie ineinander krachen. Wellen aus Feuer.

Noah fällt ihr ein. Aber der hatte ein Schiff. Auch die Feuer des 11. September sieht sie vor sich. Hier Wasser, damals Feuer. Aber diesmal hat niemand Schuld.

Dora zwang sich aus ihren Phantasien heraus. Ihre Aufregung wich einer Phase der unheimlichen Ruhe, der Planung mit Vernunft. Sie war ja verschont geblieben, heroben auf dem Hügel. Es dauerte zwei Tage, bis es ihr gelang, mit verschiedensten Transportmitteln zum Flugplatz zu gelangen. Ohne Gepäck. Sie konnte jetzt nach Hause fliegen, nach Österreich, ins Paradies. Ja, sie konnte und durfte es. Dankbarkeit war alles, was sie empfand.

Daheim erfuhr sie nach einigen Tagen, dass Lisa, ihre Freundin, die mit ihren Enkeln in Ko Phuket gewesen war, eines ihrer zwei Enkelkinder, das Mädchen, verloren hatte.

DIE STÄDTE

Dora war 63,
als ein Präsident gewählt wurde
und als sie begann, das Städtehüpfen zu praktizieren.

Vier Jahre nach der großen Welle geschah in den USA ein Wunder. Sie wählten einen schwarzen Demokraten zum Präsidenten. Dora war gerade wegen eines leichten Schlaganfalls im Krankenhaus, als das Fernsehen das Wahlergebnis verkündete. Die Krankenschwestern, die Ärzte, alle schienen zufrieden, sogar glücklich zu sein. Würde jetzt alles anders werden?
Dora versprach sich selbst, wie schon öfter, etwas mehr auf Politik zu achten.

Das Astronomische Institut, in dem Dora arbeitete, machte ihr einen interessanten Vorschlag. Wenn sie jetzt ihren Ruhestand antreten würde, dann könnte sie als freie Mitarbeiterin weiter ihr Geld verdienen. Das Angebot hieß ‚Städtehüpfen‘. Dora war bei ihren Führungen bisher so geschickt und auch einfühlsam gewesen, dass die Institutsleitung die Idee hatte, sie in verschiedenen Städten des deutschsprachigen Raums als ‚Botschafterin der Sterne‘ einzusetzen. Sie müsste dafür von Stadt zu Stadt pendeln, überall zwei bis drei Tage bleiben und Vorträge über Kosmologie und Astronomie halten. Vorträge für Kinder, für junge Leute, für ältere Damen und alte Knacker, die es endlich wissen wollten. Wissen, was die Welt zusammenhält und warum die Menschen nach den Sternen greifen sollten. Doras Gehalt würde weiterlaufen, auch wenn sie ein paar Tage keine Vorträge halten und stattdessen Urlaub machen würde. Das Institut war da großzügig, und die Chefetage wollte Dora durch dieses verlockende Angebot ihre Wertschätzung zeigen.

Sie überlegte nicht lange. Es gab so viele schöne Städte, so viele Kostbarkeiten in Österreich und in Deutschland. Genau in diesen zwei Ländern wollte sie arbeiten.

Nach ein paar Wochen begann Dora, ein gar nicht unbequemes Vagabundenleben zu führen. Sie hatte sich darauf gefreut. Und sie wollte, bevor sie vom Alter überschwemmt wurde, noch etwas erleben. Das Schreiben hatte sie dabei nicht aufgegeben, es hatte sich aber verändert. Sie schrieb über Geschichten, die sie tatsächlich erlebte auf ihren Reisen, und sie erlebte viel. Vielleicht hatte sie die fiktiven Texte von früher gegen wirkliche Ereignisse ausgetauscht. Die Notizen, mit denen sie festhielt, was sich wirklich zutrug, glichen nun eher Reiseberichten als einem Roman.
Aber sie schrieb, immerhin. Nicht als Broterwerb, sondern als Bereicherung ihres zufriedenen Lebens. In früheren Jahren hinderte sie das Schreiben mitunter, das reale Leben zu leben, jetzt aber lebte sie mehr als sie schrieb,

Die nächsten Jahre waren ausgefüllt mit Reisen und mit Rasten. Der schwarze amerikanische Präsident wurde wiedergewählt, dem Wählervolk sei Dank. Dora freute sich riesig.

Sie fuhr mit ihren Vortragsunterlagen nach Trier, nach Lübeck, nach Augsburg, nach Nürnberg, und schließlich nach Regensburg. Große Städte ließ sie aus.
Aber sie machte eine Ausnahme, in vielerlei Hinsicht. Sie wollte nach Paris, unbedingt, um dort auf Rilkes Spuren zu wandeln. Rilke. Den hatte sie vor langer Zeit mit Paul im Türkenschanzpark schätzen gelernt. Auf immer derselben Bank waren sie gesessen und hatten einander Gedichte vorgelesen. ‚Die Gazelle‘, ‚Spätherbst in Venedig‘ und eines ihrer Lieblingsgedichte ‚Die Flamingos‘, die es, so hatte es zumindest der Dichter beschrieben, im ‚Jardin des Plantes‘, gab, einem großen Park in Paris.

Dora unterbrach ihre Vortragsreisen für ein paar Tage und setzte sich in den Zug. Mit Rilke im Gepäck machte sie sich auf den Weg in die französische Metropole. Es ging nicht anders, sie musste dahin. Auf ihrer Fahrt sah sie über den Ebenen so viel Herbsthimmel, als ob das Land ertrinken würde im Himmel. Die glatten blattlosen Bäume duckten sich, zu hunderten aneinandergeschmiegt, in einem dunklen Lila, einem unwirklichen Lila. Zwei poetische Tage kündigten sich an.

Sofort nach der Ankunft am Gare de Lyon suchte sie den ‚Jardin des Plantes' auf. Sie wollte die Flamingos aus Rilkes Gedicht sehen, und diese Tiere wollten scheinbar auch sie sehen. Dora war gerade erst angekommen, da starrten die Vögel schon minutenlang in Doras Augen, verharrten ganz still. Sie setzte sich auf eine Bank, beobachtete die Tiere, ließ ihren Blick kaum vom Rosa ihrer Federn. Ihr fiel das Wort ‚Elegance' ein. Ja, das war es. Die elegantesten Lebewesen, die Dora kannte, stolzierten *auf rosa Stielen leicht gedreht'*, vor ihr auf und ab. Immer in ihrer Nähe. Stundenlang saß sie da. Bis zur Dunkelheit, Auch die Flamingos blieben da*, ‚bis sie ihres Auges Bleiche hinhalsend bargen in der eignen Weiche, in welcher Schwarz und Fruchtrot sich versteckt'.* Als es endgültig dunkel geworden war, verabschiedete Dora sich. Von den Tieren und von Paul. Er war die ganze Zeit über neben ihr gesessen.

Das Quartier für eine Nacht, seulement pour une nuit, war einfach, aber ausreichend. Sie schlief sofort ein und die großen rosa Vögel deckten sie zu.

Am nächsten Tag fuhr sie wieder zurück. Daheim wartete genug Arbeit auf Dora, genug Angebote für Vorträge. Es herrschte offensichtlich Interesse an ihren Geschichten über den Kosmos, die Sterne, das Universum. Die Angebote kamen aus kleinen Städten und Orten. Die kleineren Städte gefielen ihr auch viel besser als die großen. Da war Flair, da war Mittelalter, nicht übertönt von Straßenlärm und Gehupe. Da gab es den Geruch nach alten Mauern, und da waren Gassen, Winkel, Plätze der Zeitlosigkeit. Da sprang ihr die Stille der kleinen Straßen entgegen, so dass sie ganz taub wurde davon.

Dora gelang es meistens, dass bei ihren Vorträgen die Kinder mit offenen Mündern staunten, dass die Damen die Sternenwelt einschließlich der Vortragenden bewunderten, und dass die Herren eine Miene aufsetzten, die da sagte: ‚Eigentlich weiß ich das ja alles schon längst.‘

Das Städtehüpfen gefiel ihr immer noch, wenn es auch manchmal beschwerlich war.
‚Der Kosmos ist eben ein dankbares, weites Land‘, dachte Dora.

DER PSYCHOPATH

Dora war 69,
als Betrübliches geschah.

Die Amerikaner wählten wieder. Und diesmal wählten sie einen
Wahnsinnigen zum Präsidenten. Das verstand niemand, und die
Leute, die Dora auf ihren Reisen traf, hatten enttäuschte ernste
Gesichter. Niemand wusste so recht, wie es nun weitergehen sollte,
mit diesem Psychopathen an der Spitze der Welt. Der Globus war
in Gefahr. Aber was konnte man tun? Nichts konnte man tun.

Dora reiste noch immer durch die Städte, wenn auch langsamer.
Schärding, Gmunden, Horn und Salzburg waren nur einige ihrer österreichischen Ziele. Das Leben aus dem Koffer war ihr zur
lieben Gewohnheit geworden. Das machte ihr nichts aus. Und
sie blieb auch seit einiger Zeit viel länger an einem Ort.
Schließlich landete sie aber in Deutschland, in Bayern.
Regensburg war ihre Lieblingsstadt, da wollte sie lange bleiben.

DIE GLOCKEN

Dora war 72,
als ein Dom sich wehrte.

Es war Sommer. Dora hatte die Stadt Regensburg zu ihrer Wahlheimat erkoren. Gegenüber dem Dom hatte sie ein gemütliches Appartement in einer ruhigen Seitengasse gefunden.
Fast jeden Abend saß sie auf der Terrasse eines Hotels, das gegenüber dem Dom lag, vermisste ein bisschen den Rotwein – sie trank noch immer keinen Alkohol – und genoss die laue Luft. Ab und zu dachte sie an Wien, ihre Heimatstadt.

Eines Abends gab es Aufregung in Regensburg. Quer über den Domplatz waren Polizeiwagen aufgereiht, einer nach dem anderen. Der Platz wurde von den blau blinkenden Autos diagonal geteilt, in diesseits und jenseits der Polizeiwagen. Dora war auf ihrer Terrasse ins Diesseits geraten, und um sie herum drängten sich mindesten dreihundert andere Menschen dicht aneinander und schauten auf den großen Platz. Sympathische Menschen, fröhliche Menschen. Menschen, die keine Fahnen schwenkten und keine Runenschrift auf ihren T-Shirts trugen. Keine Kahlköpfe. Keine Lederjacken. Dora saß also auf der richtigen Seite.
Jenseits der Ordnungshüterdiagonale marschierten jetzt mit Gebrüll die anderen auf. Sie schwenkten Fahnen, hatten Runenschrift auf ihren T-Shirts, trugen Kahlköpfe und Lederjacken. Sie schrieen: „Islam raus aus Regensburg!!!" Islam raus aus Regensburg!!!" „Daham statt Islam" war ihr zweiter Spruch.
Dora sah sich das Theater an und wusste, dass es kein Theater war. Ihr wurde kalt. Sie stand auf, stellte sich zu den Fahnenlosen, fragte einen jungen Mann, was denn da los wäre. Die Antwort war klar und bestimmt.

„Das sind Rechtsextreme, die eine Demo angemeldet haben. Deshalb sind wir hier, auch angemeldet versteht sich. Wir dürfen die nicht groß werden lassen. Die sind irre und gefährlich." Dora war im Bilde. Sie stand also auf der Seite der Guten. Und sie wusste, was das hieß: Gefahr, hinübergezerrt zu werden zu den ‚Anderen'. Gefahr, geschlagen zu werden. Und die Wahrscheinlichkeit, dass alles außer Kontrolle geriet, war groß. Der Dom stand hinter diesem grausigen Szenario, erhaben, stumm, unverändert, wie ein Bollwerk, seine Beleuchtung für Touristen aufwendig finanziert. Dora sah Fäuste, die schräg nach oben zeigten, die sich öffneten, die die Hand flach ausstreckten zu einem Gruß, den sie schon lange kannte. Ihre Eltern hatten es ihr früh erklärt. Sie bekam Angst, blieb aber stehen, wo sie stand. In ihren Ohren klirrte das Horst-Wessel-Lied, schrill intoniert von diesen Kahlköpfigen. Es klang wie zersplitterndes Glas für Dora.

Die Fahne hoch! Die Reihen fest geschlossen! SA marschiert mit ruhig festem Schritt.

Es konnte doch nicht sein, dass dieses Lied hier gesungen wurde! Das war verboten! Dora hörte es aber, und sie hörte noch etwas, das niemand anderer hörte. Schüsse, Paraden im Gleichschritt, Bombenhagel und Hilfeschreie. Die Erzählungen ihrer Eltern hatten sich in ihrem Kopf festgesetzt, wohl für immer.

Die Straße frei den braunen Bataillonen Die Straße frei dem Sturmabteilungsmann!

Als die Neuen Nationalen die dritte Strophe anstimmen wollten, geschah Unerwartetes. Der Dom oder vielmehr ein beherzter Kirchenmann ließ die Glocken läuten. Es klang, als ob der Dom sich wehren wollte gegen eine unverschämte Horde, Es hallte über den riesigen Platz und die ganze Stadt. Die Aufmarschierer hatten keine Chance, gegen den tiefen, vollen Klang anzuschreien. Als der Dom schließlich wieder verstummte, versuchten sie es noch einmal. Die vierte Strophe wurde abermals von betäubendem Glockenklang übertönt. Jedes Wort ertrank im Getöse der großen Glocken.

Die Rechtsradikalen mussten aufgeben, und die Leute neben Dora klatschten begeistert. Dank an den mutigen Kirchenmann. Die Polizei löste daraufhin die Demo auf und zog sich schmunzelnd zurück.

Trotzdem war Dora erschüttert. Die Menschen, die dieses Lied gesungen hatten, gab es. Und es wurden immer mehr. Das wollte und konnte sie nicht übersehen. Dora fühlte sich ohnmächtig. Sie riss sich los von diesem Platz, auf dem Glocken gegen Geschrei gewonnen hatten, rannte in ihr Zimmer im Hotel, versperrte die Tür und zitterte. Sie zitterte auch noch, nachdem es draußen ruhiger geworden war. Ihren Eltern war sie dankbar in diesem Moment. Dankbar, dass sie ihre eigenen furchtbaren Erlebnisse auch zu Doras Erlebnissen gemacht hatten.

An Schlaf war nicht zu denken in dieser Nacht. Um vier Uhr früh gelang es ihr endlich, aus diesem Tag auszusteigen wie aus einer Geisterbahn und zu schlafen. Aber sie träumte. Träumte von Uniformen, von strikten Befehlen, in einen Abgrund zu springen, von Totenköpfen aus Zuckerguss, von riesigen schwarzen Fahnen, in die Kinder eingewickelt waren. Und sie träumte von einer großen, goldenen Glocke, die all diesen Wahnsinn überstrahlte.

Plötzlich wachte sie auf, spürte, wie in ihrem linken Bein etwas hochstieg, etwas Lähmendes. Sie konnte nicht sprechen. Spürte Panik.

Hörte Glocken, ganz laut.

Dann nichts mehr.

DAS KRANKENHAUS

Dora ist fast 73,
als sie eingeliefert wird.

Sie denkt ‚Regensburg‘.
Sie sieht zwei Farben, Rot und Weiß, die sich bewegen.
Sie hört Piepsen wie von Spatzen.
Dann nichts mehr.
Sie hört Motorengeräusch, ein Auto.
Dann wieder nichts mehr.

Nach kurzen Formalitäten legt man sie in ein weißes Zimmer mit braunen Möbeln. Und man sagt ihr, dass man sie von Regensburg nach Wien gebracht habe, ins Krankenhaus. Ihr Zustand sei nicht lebensbedrohlich.
Was sie sehr überrascht, ist die Tatsache, dass ihre Schwester Terese neben ihr am Krankenbett sitzt. Terese, von der sie seit Jahren nichts mehr gehört hat. Dora schenkt der Schwester ein dankbares Lächeln.
„Hallo, Terese.“
Sie bekommt keine Antwort, sieht nur eine Geste. Terese wischt mit ihrem Zeigefinger von links nach rechts über ihre Lippen, als wolle sie sagen ‚Ich spreche nicht‘, aber sie scheint damit zufrieden zu sein. Dora fällt der kleine Oskar aus Günther Grass‘ ‚Blechtrommel‘ ein. Er beschließt als Kind, nicht mehr zu wachsen. Vielleicht hat Terese beschlossen, nicht mehr zu reden, wer weiß. Oder sie hat ihre Stimme aus irgendeinem anderen medizinischen Grund verloren.
Dora nimmt es hin, dieses Schweigen. Terese scheint alles zu verstehen, was Dora sagt, und mit der Zeit versteht Dora auch ihre Schwester. Auch ohne Worte.
Der Arzt sagt ihr, sie hätte einen leichten Schlaganfall gehabt, sie müsse jetzt Geduld haben. Er erklärt ihr auch mit leichtem Be-

dauern in der Stimme, dass ihr Aufenthalt im Spital längere Zeit in Anspruch nehmen würde. Doras linke Körperseite ist teilweise gelähmt, die rechte ist intakt. Sie kann langsam sprechen, sie kann mit der rechten Hand alles machen, und mit Krücken kann sie sogar ein wenig gehen.

Terese ist Dora sehr dankbar, dass sie am Krankenbett sitzt und ihr zuhört. Und dass sie die Geduld aufbringt, ihr bei ihren Gehversuchen zuzusehen und sie anzufeuern. Nur mit Gesten natürlich.

In den nächsten Tagen, ja Wochen, stellt Terese ihre Besuche keineswegs ein. Im Gegenteil. Sie kommt täglich pünktlich um drei Uhr und bleibt bis sechs. Und Dora beginnt, ihr zu erzählen, was in ihrem Kopf gespeichert ist.

„Weißt du noch, als Vater uns zwei damals in Kärnten in einen Greißlerladen geschickt hat, um Paradeiser zu kaufen? Ich war zu feige, hinein zu gehen, aber du, Terese, hast es getan. Trotz der slowenischen Sprache, die wir nicht verstanden haben."
Terese zeigt durch Kopfschütteln, dass irgendetwas nicht stimmt. Dora sieht, dass sie zuerst auf sich zeigt und dann auf sie.
„Was? Nicht <u>du</u> bist gegangen, sondern ich? Ich war so mutig? Na, wenn du das sagst, wird es so gewesen sein."
Dora ist einen Moment still. Dann redet sie wieder:
„Oder unsere Spiele auf der Wiese neben dem Haus der Opernsängerin. Du musst ja eine große Narbe haben von diesem Zaun, an dem du dich damals verletzt hast."
Wieder Kopfschütteln. Und ein in die Luft geschriebener Name.
„Das warst nicht du, Terese, die sich verletzt hat? Das war Lisa, unsere Kusine? Na ja … Vielleicht kannst du dich schlecht erinnern. Die Erinnerung täuscht oft, weißt du."
Dora glaubt Terese nicht alles. Sie verwechselt manchmal Zeiten und Orte, denkt sie. Oder tut sie selbst das?
Dora und Terese schweigen einen Moment lang. Beide sind sie etwas ratlos.
Dora findet wieder Worte. Sie zerrt Erinnerungen an die Oberfläche, die ja gemeinsame sein müssten.

„Wie Vater damals gestorben ist, weißt du aber sicher noch. Er hat den Mauerfall in Berlin nicht mehr so richtig verstanden. ‚Hätte besser gebaut werden sollen, diese Mauer‘, hat er gesagt. Das war alles.“
Kurze Pause.
„Na siehst du, du kannst dich doch noch erinnern. Nach Vaters Tod bist du ja nach Toulouse gegangen. Aber ein Mal, Schwesterherz, hast du mich kurz in Wien besucht. Ich hab dich vom Flughafen abgeholt, aber nach zwei Tagen warst du ja schon wieder weg. Ab nach Frankreich.“

An den Abenden, wenn Terese nicht da ist, hat Dora viel Zeit und sie denkt über so manches nach. Sie hat Philosophie schon immer gemocht. Gibt es den Mond, wenn niemand da ist, der ihn sieht? Gibt es die Zahlen, die Mathematik, wenn sie niemand denkt? Sie glaubt Platon, der behauptet hat, die Mathematik wäre vor dem Kosmos dagewesen, aber wer hat die Mathematik gedacht? Vor dem Kosmos?
Über solchen gescheiten und sinnlosen Überlegungen schläft Dora meistens ein.

Terese sitzt wieder an Doras Bett. Dora redet und redet, wenn auch langsam.
„Paul kennst du nicht, nicht wahr? Nein, da warst du schon lange weg. Mein Gott, Paul. Er war meine größte Liebe. Und die Reise, die wir zusammen gemacht haben damals – das war der Schritt zu weit. Na ja …“
Sie denkt oft an Paul, und auch an Pierre. Pierre hat ihr die Musik geschenkt, Paul die Wörter. Beide leben sie nicht mehr, aber darüber will sie nun doch nicht mit ihrer Schwester reden. Da schon lieber über die gemeinsame Kindheit.

Wenn Terese weg ist, denkt Dora auch an den Tod. Die Schwarzen Löcher, die es ja überall im Universum gibt, die sind für Dora die Schlupflöcher ins Jenseits. ‚Man kippt in ein anderes Universum‘, sagen Fachleute. ‚Und wenn dieses andere Universum der Ort ist, wohin wir alle einmal kommen? Der Tod ist vielleicht der Schlüssel dorthin. Der Eingang. Nichts als ein Übergang. Paul und Pierre sind vorausgegangen.'

‚Wir wissen so wenig‘, denkt Dora. ‚So wenig.‘ Und schläft ein.

Oft aber lässt sie die Bilder in ihrem Kopf wach und bunt werden. Sie denkt an die Zeit der Glockenhosen, an den Schuss, mit dem Kennedy liquidiert wurde, als sie 16 war, an die Panzer in Ungarn und in Prag. Aber auch an Schönes. Sie denkt nach. Dora weiß noch, wie sie bei jedem Omabesuch um die Mosaiksteine gebeten hat. Sandfarben, dunkelblau, ziegelrot und grau. Wie eine Sucht war das damals für sie, das Legen von Ornamenten und Bildern. Manchmal ist ein Stein übriggeblieben, und sie hat ihn nicht zuordnen können. Oder das Gegenteil ist passiert. Es war eine leere, weiße Stelle da, ein kleines Loch, aber kein Stein dafür. Der letzte hat einfach gefehlt.
Terese hat sich dafür nicht interessiert. Nein. Sie hat gedacht, sie wäre zu alt für so einen Zeitvertreib.
Dora hält inne beim Erinnern.
‚Hat Terese vielleicht auf mich Rücksicht genommen? Das Desinteresse nur vorgetäuscht? Aber warum?
Sie hat wohl gedacht, die Kleine soll ihre Freude haben, ohne dass noch jemand zweites mitspielt? Ja, so war es wahrscheinlich.‘
„Danke Terese. Danke. Für mich war dieses Mosaiklegen sehr wichtig.“
Dora spricht oft mit sich selbst.

Auf die Frage, warum sie keinen Fernsehapparat über dem Spitalsbett habe, antwortet Schwester Brigitte, dass das nicht gut für sie sei. Sie brauche Ruhe. Dora ist sich nicht sicher, ob das die Wahrheit ist. ‚Na gut.‘

Es vergehen zwei Wochen, in denen Terese fast täglich kommt. Es ist ein Ritual geworden.

Aber einmal, da geschieht, was schon lange geschehen hätte können. Die Krankenschwester, die sie schon gut kennt, kommt unerwartet in Doras Zimmer und hört, wie Dora mit jemandem spricht, ohne Antwort zu bekommen.

„Mit wem sprechen Sie denn da, Frau Wallner?"

„Mit meiner Schwester Terese, das sehen Sie doch?"

„Ihre Schwester? Da ist niemand, Frau Wallner. Das Zimmer ist leer, bis auf uns beide natürlich."

„Was reden Sie denn da, Schwester Brigitte! Sie sehen doch Terese, meine Schwester, die mich schon wochenlang besucht!"

„Nein, Frau Wallner. Das kann nicht sein. Ihre Schwester ist tot, schon lange, schon fast 30 Jahre, glauben Sie mir."

Dora wird blass, erstarrt, kann nicht reden. Ihr ist heiß, sie fröstelt. Terese und sie hatten zwar nie Kontakt, ‚aber sie ist immerhin meine Schwester!', denkt Dora.

Endlich fragt sie, was denn geschehen sei.

Schwester Brigitte antwortet nicht. Sie weiß, was zu tun ist, und schon ist sie aus dem Zimmer, um den Oberarzt zu informieren. Weg ist sie. Dora ist allein.

Um sie dreht sich alles, sie kann kaum mehr atmen. Sie ist sich sicher, dass alles ein Irrtum ist und gleichzeitig die Wahrheit.

Nachdem Schwester Brigitte gegangen ist, um den Oberarzt zu informieren, ist Dora entschlossen, Terese zu suchen. Sie weiß nicht, warum sie das tut, aber ihr Entschluss steht fest. Irgendwo in diesem Krankenhaus könnte Terese sein, womöglich krank wie sie selbst.

Sie bewegt sich mit Hilfe ihrer Krücken zur Tür, geht hinaus, den Gang entlang, bis zu einer grauen Tür. Obwohl diese Tür sehr schwer ist, schafft sie es, sie zu öffnen. Was sie sieht, erschreckt sie. Dicht gedrängt liegen hier Menschen in den Krankenbetten, viele sogar am Boden. Es ist unerträglich heiß. Ärzte und Pflegekräfte laufen in weißen Schutzanzügen von Patient zu Patient, ihre Gesichter sind vermummt. Wie weiße Imkerschutzhelme sieht das aus. Es riecht nach Schweiß und Tod.

Einen Moment glaubt sie, jemanden zu erkennen. Olympia, die Freundin aus Jugendtagen. ,Hat sie nicht damals gesagt, sie wolle Medizin studieren? Ist sie in Wien? Ist sie Ärztin?‘

Dora ist verstört, kennt sich nicht mehr aus. ,Nein, hier ist Terese sicher nicht.‘ Sie schließt die Tür schnell wieder, will nicht genau sehen, was dahinter geschieht. Nein. Sie will vielmehr wissen, was wirklich mit ihrer Schwester passiert ist.

Schnell zieht sie sich wieder in ihr Zimmer zurück. Schwester Brigitte ist gerade gekommen.

„Wo waren Sie denn, Frau Wallner?"

„Was ist in dem anderen Trakt des Gebäudes los, um Gottes Willen?"

„Nichts, Frau Wallner, beruhigen Sie sich. Der Trakt ist verschlossen. Sie haben sich das sicher nur eingebildet, was immer Sie angeblich da gesehen haben. So wie Sie sich Ihre Schwester eingebildet haben. Und Sie sollten noch nicht allein auf den Gängen gehen, Frau Wallner."

Plötzlich öffnet sich die Tür von Doras Zimmer, und Olympia steht im Raum. Sie sucht etwas in einem Medikamentenschrank und sieht dabei weder Dora, noch wird sie von Schwester Brigitte gesehen. ,Es stimmt etwas nicht mit meinem Kopf‘, denkt Dora.

Dora beschließt, nicht mehr über ihren Ausflug in den anderen Spitalstrakt zu reden. Vielleicht ist sie ja wirklich schon dement geworden, und ihr Kopf hat ihr einen Streich gespielt.

Der Oberarzt kommt zu Dora, strahlt gekonnt Ruhe und Zuversicht aus. Oft und oft eingeübt.

„So, Frau Wallner, jetzt nehmen wir uns einmal Zeit, um die Wahrheit zu besprechen."

DIE WAHRHEIT

Dora ist 73,
als sie die Wahrheit erfährt.

„Welche Wahrheit?"
„Die über Ihre Schwester und ihren Tod."
„Sie ist tatsächlich tot?"
„Ja."
Und nun erfährt Dora, was vor fast 30 Jahren geschehen ist. Sie hat Terese damals vom Flughafen abgeholt, nach Jahren, in denen es keinen Kontakt zwischen ihnen gegeben hatte. Beide freuten sich … irgendwie …Sie kamen nicht weit. Auf einer Kreuzung wurden sie von einem Lastwagen gerammt, der mit hohem Tempo von rechts daherkam. Er nahm Dora die Vorfahrt. Das Auto drehte sich zwei Mal, krachte dann in eine Mauer, und das war das Ende. Das Ende für Terese. Sie war sofort tot.
Der Wagen war ein Schrotthaufen, aus dem man Dora vorsichtig herauszog. Danach Intensivstation. Drei Wochen Koma. Und nach diesen drei Wochen retrograde Amnesie. Sie wusste nichts mehr über den Unfall, und auch nichts über die Stunden davor und danach. Ihr Sein unter dem Bewusstsein hatte alles gestrichen, was mit dem Unfall zusammenhing. Danach war sie in dem Glauben gelassen worden, dass Terese zu Besuch gewesen war und nach zwei Tagen wieder nach Toulouse abgereist war. Die Ärzte dachten damals, es wäre besser so.

Jetzt, nach 30 Jahren, ist Dora außer sich über den Bericht des Arztes.
„Ich bin also schuld! Ich hab diesen Unfall herbeigeführt! Ich hab sie getötet!!"
„Nein, Frau Wallner. Sie trifft keine Schuld. Man hat das damals genau untersucht. Ganz sicher nicht."

Dora klammert sich an die Worte des Oberarztes. Aber sie ist überzeugt, den Tod ihrer Schwester verursacht zu haben, kriecht unter ihre Decke, rührt sich stundenlang keinen Zentimeter.

Abends zieht ihr Schwester Brigitte mit Gewalt die Decke weg. Ein Haufen Elend liegt vor ihr. Langsam gelingt es, Dora wieder dazu zu bringen, dass sie sich bewegt, die Toilette aufsucht, etwas isst.

Es dauert Tage, bis Dora wieder spricht. Mund und Rachen sind trocken, ihre Augen matt, wie tot.

Eine Spitalspsychiaterin steht ihr zur Seite.

Nochmals besucht sie der Oberarzt. Er versichert ihr wieder, dass sie absolut keine Schuld hat an diesem schrecklichen Unfall damals. „Man könnte es Schicksal nennen, wenn Sie an so etwas glauben."

Nein, daran glaubt Dora nicht, aber an Zufall.

Nach zwei Wochen ist Dora auf dem Weg der Besserung. Psychisch, aber nicht körperlich. Ein atypischer Verlauf nach einem Schlaganfall. Es geht ihr immer schlechter. Sie denkt zwar fast jeden Tag an Terese, doch langsam verblassen diese Bilder im Gegensatz zu denen, die ihr der Körper signalisiert.

Sie kann nicht mehr aufstehen, muss gefüttert werden. ,Es geht zu Ende', denkt sie.

DER LETZTE STEIN

Dora ist 74,
als sie verreisen will.

Plötzlich meldet sich das Leben wieder in ihr. Sie will unbedingt
einen Satz Mosaiksteine, hofft, dass so etwas im Spital zur Verfügung steht. Schließlich kommen auch Kinder zu Besuch, die
mit irgendwelchen Sachen spielen wollen.
Schwester Brigitte bringt Dora das Gewünschte. Die Steine sehen zwar nicht so schön aus wie die bei Oma damals, sie sind zu
neu, aber Dora ist zufrieden. Sie setzt sich im Bett auf, verlangt
nach einem Polster für die Abstützung ihres Rückens und nach
einem großen festen Karton als Unterlage.

Es dauert ein paar Stunden, bis das selbst ausgedachte Ornament
aus Steinen fast fertig ist. Und wie in Doras Kindheit passiert es
jetzt auch hier, dass am Schluss ein Stein fehlt. Dora ist mürrisch,
nervös, ungeduldig, verärgert.

„Es fehlt der Schluss, verdammt noch einmal. Ich brauch ihn für
mein Leben, Schwester!"
Schwester Brigitte versteht nicht. Dora scheint ihr gehörig durcheinander zu sein. Und damit nicht genug, äußert ihre Patientin
den irren Wunsch zu verreisen.
„Ich will nach Griechenland, nach Santorin. Paul und ich, war
haben es uns damals versprochen, und jetzt muss es eingelöst
werden. Santorin ist der noch fehlende Stein!"
„Frau Wallner, Sie können nicht nach Griechenland. Das ist unmöglich."
Fast mit Gewalt muss Schwester Brigitte Dora davon abhalten,
sich anzuziehen.
Sie ruft den Oberarzt, der mit so etwas ihrer Meinung nach gut
umgehen kann. Der Arzt macht Dora mit ruhigen Worten klar,

dass sie jetzt nicht nach Santorin fliegen könne. Das wäre unmöglich. Sie würde sterben daran.

„Na und?", meint Dora.

Der Arzt wird strenger:

„Sie müssen hierbleiben, Frau Wallner. So ist das nun einmal."

Dora resigniert irgendwann. Sie spricht an diesem Tag kein Wort mehr, lässt sich willenlos waschen und füttern.

Um 21 Uhr schläft sie ein, enttäuscht und traurig. Und sie hat einen Traum:

Sie sitzt mit Paul im Flugzeug nach Athen. Eine sanfte Landung. Die Anschlussmaschine nach Santorin ist aus purem Silber gebaut. Sie sind allein in der glitzernden Flugkabine.

Dann das Quartier auf Oia, dem schönsten Ort der Welt. Es ist kein Haus, kein Appartement, es ist eine Höhle, tief in den Inselleib gegraben. Eine dunkle Höhle voller Liebe. Ja, die Höhle liebt sie beide. Ein riesiges Bett, mit rotem Satin bedeckt, steht am Ende der Höhle, neben der Zisterne, die statt Wasser Wein und Cognac fördert. Es ist still in dieser Schlafhöhle, vollkommen still. Sie hören nur die Bewegungen der Erde und den Vulkan, auf dem sie beide tanzen.

Der Ort besteht aus weißen Stiegen, auf, ab, auf, ab, viele Stufen in den dunkelblauen Himmel hinein. Das Meer, die Caldera der Insel, es leuchtet so blau wie das Firmament darüber. Oben und unten ununterscheidbar. Überall blau und türkis blitzende Türen, blaue Kuppeln auf den kleinen Kirchen. Auch die Schatten auf den Häuserwänden sind blau, wenn die Sonne und der Mond untergehen, Geschwister des Himmels.

Am Abend tiefes und zugleich leichtes Rot im Westen. Sie sitzen vor dem Untergang der Sonne. Vor welchem Untergang noch? Nachts eine Taverne über dem Wasser. Kerzen, leuchtende Gläser, Geruch nach Salz, Oliven, Demestica Rot. Sie darf trinken, es ist ein Traum. Eine Prozession mit Kerzen tragenden Frauen und Männern wandert an ihnen vorüber. Der Glaube an Gott spiegelt sich im Murmeln der Menschen. Sie haben Glück.

Nach sieben Tagen steigen Paul und sie ins Flugzeug, wieder allein, wieder silbrig alles, was sie sehen. Der Flieger braucht keine Zwischenlandung. Sie fliegen immer höher. Es geht nur mehr nach oben, weiter nach oben. Keine Angst, wir sind Kinder des Alls, Paul und ich.

Ein riesiges verschwommenes Weiß sieht Dora, sonst nichts. Nur weiß. Ein weißes, unscharfes Licht.
Sie ist im Frühling geboren. Ihre Mutter versicherte allen: „Es war eine leichte Geburt."
Versprach eine leichte Geburt auch einen leichten Tod?

Als Schwester Brigitte am Morgen nach Dora schaut, bewegt sie sich nicht mehr. Sie ist tot.
Neben ihrem Bett liegt das fertige Mosaik. Es ist perfekt und vollständig. Kein Stein fehlt.

EIN HERZ FÜR AUTOREN A HEART FOR AUTHORS À L'ÉCOUTE DES AUTEURS MIA ΚΑΡΔΙΑ ΓΙΑ ΣΥΓΓ
FATTARE UN CORAZÓN POR LOS AUTORES YAZARLARIMIZA GÖNÜL VERELIM SZ
PER AUTORI ET HJERTE FOR FORFATTERE EEN HART VOOR SCHRIJVERS TEMOS OS AUT
INKERT SERCE DLA AUTORÓW EIN HERZ FÜR AUTOREN A HEART FOR AUTHORS À L'ÉCO
DO ВСЕЙ ДУШОЙ К АВТОРАМ ETT HJÄRTA FOR FORFATTARE A LA ESCUCHA DE LOS AUT
MIA ΚΑΡΔΙΑ ΓΙΑ ΣΥΓΓΡΑΦΕΙΣ UN CUORE PER AUTORI ET HJERTE FOR FORFATTERE EEN
INKERT SERCE DLA AUTORÓW EIN HERZ FÜ
DO ВСЕЙ ДУШОЙ К АВТОРАМ ETT HJÄRTA F

Die Autorin

Ilse Nekut wurde 1947 in Wien geboren. Sie studierte an der Universität
Wien und arbeitete bis 2003 mit
vollem Einsatz als Gymnasiallehrerin
für naturwissenschaftliche Fächer.
Schon früh fühlte sie sich zum
Schreiben hingezogen. Ihr Erstlings-
werk „Geliebter Osiris" wurde 1998
veröffentlicht, 2002 folgte der Roman
„ZehnEins" und 2017 „Porzellan 8". Aber auch in
anderen Bereichen findet man Ilse Nekut: als Kul-
turkolumnistin, als Choreographin, als Theberauto-
rin, als Initiatorin und Mitwirkende vieler Kulturpro-
jekte und Lesungen ihres Wohnortes Scheibbs.
Wenn Ilse Nekut nicht gerade schreibt oder im Kul-
turleben tätig ist, liebt sie es, Mah-Jongg zu spielen
oder ihr Interesse an Kosmologie und Astronomie
auszubauen. „Der letzte Stein" ist ein weiteres
prägnantes Werk der Schriftstellerin, in dem sich
autobiographische Züge erahnen lassen.

Der Verlag

Wer aufhört
besser zu werden,
hat aufgehört
gut zu sein!

Basierend auf diesem Motto ist es dem novum Verlag
ein Anliegen neue Manuskripte aufzuspüren, zu ver-
öffentlichen und deren Autoren langfristig zu fördern.
Mittlerweile gilt der 1997 gegründete und mehrfach
prämierte Verlag als Spezialist für Neuautoren in
Deutschland, Österreich und der Schweiz.

Für jedes neue Manuskript wird innerhalb
weniger Wochen eine kostenfreie, unverbind-
liche Lektorats-Prüfung erstellt.

Weitere Informationen zum Verlag und
seinen Büchern finden Sie im Internet unter:

www.novumverlag.com

Zeitfracht Medien GmbH
Ferdinand-Jühlke-Straße 7
99095 Erfurt, Deutschland
produktsicherheit@kolibri360.de